KB170901

무신전기 2권

초판1쇄 펴냄 | 2018년 01월 31일

지은이 | 새벽검
발행인 | 성열관

펴낸곳 | 어울림 출판사
출판등록 / 2009년 1월 23일 제313-2009-12호
주소 / 경기도 고양시 일산동구 장항동 731 동하벽서스빌딩 307호
TEL / 031-919-0122
FAX / 031-919-0127
E-mail / 5ullim@hanmail.net

값 8,000원

ISBN 978-89-992-4657-9 (04810)
ISBN 978-89-992-4655-5 (SET)

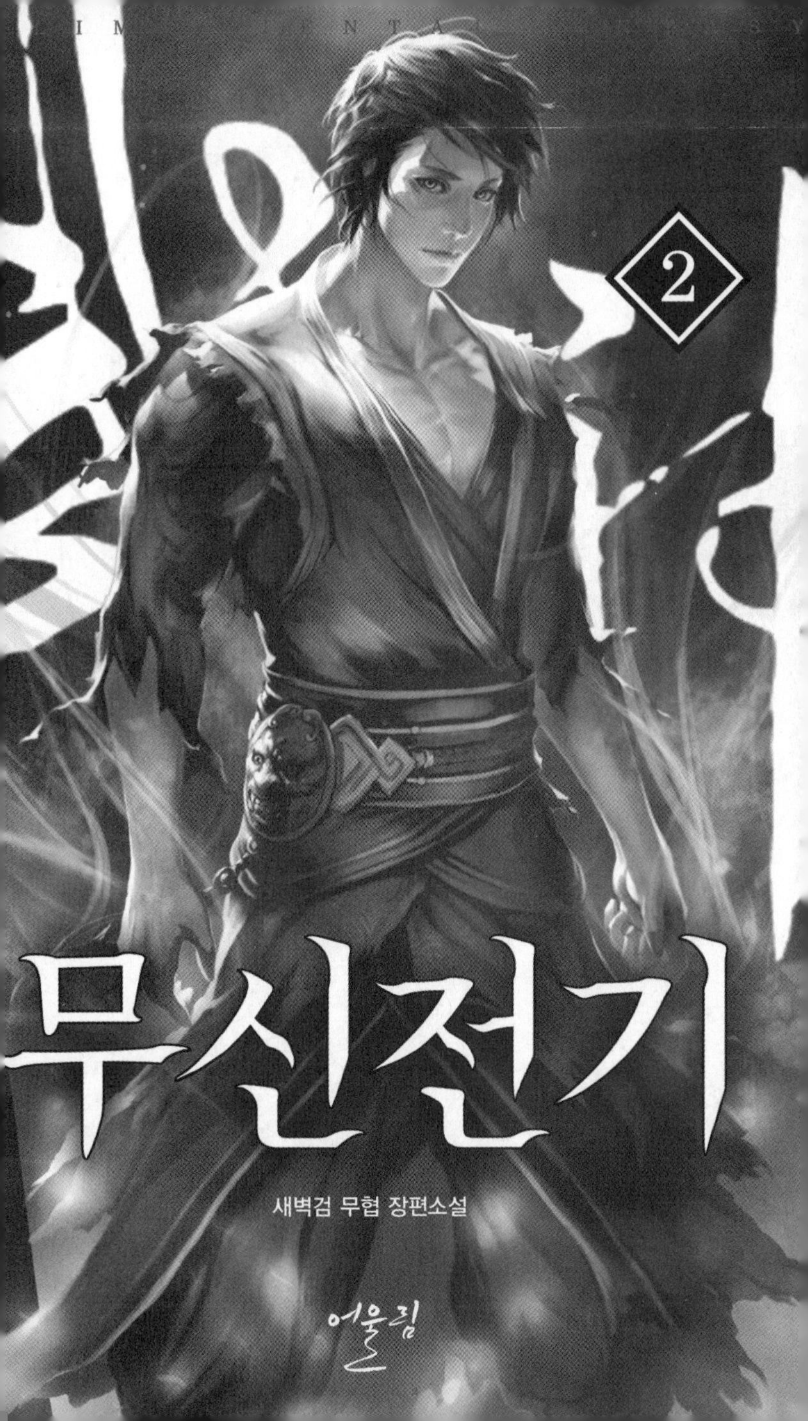
2
무신전기
새벽검 무협 장편소설
어울림

목차

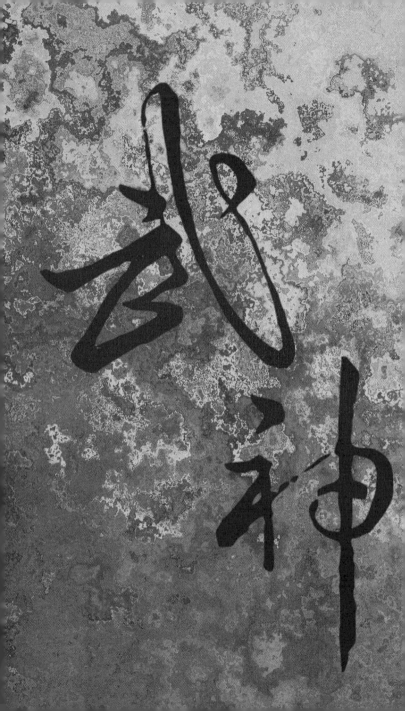

그들의 밤

"크윽……."

팔을 베인 듯 오른팔을 움켜쥔 복면인이 한쪽 무릎을 꿇은 채 자줏빛 무복의 사내를 바라보았다.

사내는 도를 허공에 가르며 묻어 있던 피를 털어냈다.

그는 이제 관심이 없어진 듯 복면인에게 관심을 끊고 주위를 천천히 둘러보았다.

연기는 모두 걷혔다.

팔을 베인 복면인 외의 다른 복면인들은 모두 사라진 상태였다.

"훌륭하군! 암영단의 기습을 막아낸 걸로도 모자라 도리어 반격을 해내다니."

우렁찬 목소리에 모두의 시선이 한곳으로 모였다.

도를 땅에 끌면서 등장한 인물은 두꺼운 곰가죽으로 만든 조끼를 걸친 붉은색 무복을 입은 자였다.

거칠게 기른 턱수염과 굵은 눈썹 그리고 강인한 눈매를 가진 자였다.

등장한 중년의 남자는 길게 늘어뜨린 도를 어깨에 걸쳤다.

그 크기가 일반적인 도(刀)보다 훨씬 컸다.

"내 이름은 도원이다. 네 이름은 무엇이냐?"

도를 가지고 나타난 중년의 남자 도원.

그의 이름을 듣는 순간 무인들이 웅성거리기 시작했다.

그도 그럴 것이 지금 나타난 이는 패왕도(覇王刀) 도원(導元)이었기 때문이다.

도원 역시 정사대전에서 혁혁한 공을 세운 자로 철도경(鐵道經) 이겸(理兼)과 더불어 무림맹의 도왕(刀王)으로 불리는 자였다.

"이범입니다."

"이범이라… 들어본 적이 없는 이름인데… 사문이 어떻게 되느냐?"

"사문은 없습니다."

"일인단맥이로군… 보기 드문 실력이로다."

무림맹의 장로이자 도왕 중 한명인 도원의 칭찬에도 이

범은 고개를 숙이며 칭찬에 대한 답례를 할뿐 여타 다른 반응을 보이지 않았다.

"심심한 녀석. 아무튼 첫번째 시험은 그래도 반 정도는 통과한 것 같군. 나머지 쓰러진 이들을 살펴라."

"예!"

도원의 말에 몇몇의 인원들이 중앙연무장으로 모여들어 쓰러진 이들을 부축하며 의원으로 향했다.

힘겹게 버티고 서 있거나 다음 시험이 불가능한 자들도 그들의 부축을 받고 연무장을 빠져나갔다.

그 후 남은 인원은 98명이 되었다.

"지금 남은 너희들은 무림맹에서 고르고 고른 인원들이다. 자부심을 느껴도 좋다."

도원의 말에 버텨낸 무인들이 밝은 얼굴로 서로를 격려했다.

하지만 뿌듯함도 잠시 도원은 그들을 둘러보며 다시 입을 열었다.

"그러나 아직 신(身)의 시험이 끝이 난 것은 아니다. 아니, 이제 시작이라 해도 좋다."

그의 말에 모두의 표정이 절망으로 바뀌었다.

내강석을 뚫고, 무림맹이 마련한 기습도 막아낸 그들이었다.

그런데 아직도 시험이 끝나지 않았다는 말에 절망할 뿐이었다.

"그럼 이제부터 각자의 무공에 맞춰 일렬로 서거라. 왼쪽부터 검(劍), 도(刀), 권(拳)… 외의 무공도 있나?"

대부분이 검을 든 검사들이었다.

그 외의 인원들은 도나 권을 사용하는 이들이었다.

은사를 사용하는 백하언과 백아연은 따로 손을 들지 않고 권에 분류된 이들과 함께했다.

"없다면 각자가 가진 무공 혹은 무기의 종류별로 연무장에 일렬로 서거라."

도원의 말에 무인들이 분주하게 움직였다.

검을 든 자들이 80명으로 가장 많았다.

도를 든 자가 10명, 권을 사용하는 자가 8명이었다.

무연에게 다가온 백아연이 웃으며 말했다.

"무 공자. 괜찮으신가요?"

걱정스럽게 물어오는 백아연의 말에 무연이 고개를 끄덕였다.

처음 만났을 때보다 말수가 많이 줄었지만, 백아연은 개의치 않았다.

그들이 모두 나뉘어 서자 도원이 말했다.

"모두 섰는가? 그럼… 앞으로 나오게."

도원의 말과 함께 50명의 무인들이 앞으로 나왔다.

그 중 40명은 검을 든 무인들이 선 쪽으로, 나머지 5명은 도를 든 이들 앞으로 섰다.

마지막으로 남은 5명은 권을 사용하는 무인들 앞에 섰

다.

"자, 너희들 앞에 선 자들은 올해 천소단에서의 의무를 마치고 무림맹의 정식 일원이 된 너희의 선배들이다. 물론, 실력은 말할 것도 없지."

90여명의 무인들은 자신들의 선배이자 우상들을 보며 눈을 빛냈다.

그들의 앞에 서 있는 백색 무복을 입은 천소단 졸업생들의 모습은 경외감이 들게 했다.

그들은 무덤덤한 표정으로 무인들의 시선을 느꼈다.

"그럼 시작해라."

도원의 말이 끝나기가 무섭게 백색의 무복을 입은 무림맹의 무인들이 허리춤의 검을 꺼내들었다.

그들의 행동에 당황한 무인들이 연유를 몰라 눈동자를 굴리며 상황을 살피던 그때.

무림맹의 무인들이 구십여명의 무인들을 향해 비호같은 움직임으로 날아들었다.

"허억!"

구십여명의 무인들은 급히 자신들의 무기를 꺼내어 무림맹 무인들의 검을 막으려 했다.

하지만 그들의 검은 마치 뱀처럼 무인의 검을 피하고 목젖을 향해 그대로 찔러 들어갔다.

마지막을 직감한 무인이 두눈을 질끈 감았다.

"탈락이오."

눈을 감은 무인이 눈을 뜨자 어느새 사라진 백색무인은 또 다른 무인을 향해 날아들었다.

"타… 탈락…이라니……."

제대로 상황을 파악하지 못한 무인의 귓가에 우렁찬 도원의 목소리가 울렸다.

"너희 선배들에게서 탈락이란 말을 들은 무인은 연무장에서 빠져나오거라!"

"아… 설마……."

그제야 무인들은 이 시험의 정체에 대해 알았다.

이번엔 기습이 아닌 전면전이었다.

죽음에 이르는 공격을 막거나 피하지 못할 경우 탈락하게 되는 것이다.

그러니 죽음이 곧 탈락인 것이다.

"이런 미친!"

힘겹게 기습 속에서 살아남은 무인들은 필사적으로 저항했다.

이곳까지 와서 이렇게 떨어질 수 없다는 일념 하나로 버티려는 것이다.

그러나 백색 무복을 입은 무림맹의 무인들은 강했다.

두배나 많은 수의 무인들을 상대로 기민하고 날카롭게, 유연한 몸짓으로 공격했다.

무인들은 두배 많은 수적 우위에도 대거 탈락하기 시작했다.

"모두 모여!"

한 무인의 목소리에 검을 든 이들이 정신을 차리고 소리친 이를 중심으로 모여들었다.

그 짧은 사이에 25명이 탈락했고, 남은 이는 55명이었다.

도를 든 이들과 권사들의 사정도 검을 든 무인들과 비슷했다.

도를 든 이들의 수는 10명, 그중에서 벌써 3명이 탈락하여 7명이 남았다.

더 탈락할 수도 있었지만, 탈락하지 않은 이유는 한명의 존재 때문이다.

검과 도를 든 백색무인들은 눈매를 좁히며 이범을 바라보았다.

도를 꺼내든 채 무심한 눈으로 백색무인을 바라보는 이범은 그들의 움직임에 정신을 집중했다.

그리고 이범을 중심으로 남은 6명의 인원이 이범을 감싸듯 주위에 모였다.

이범에게서 생길 사각지대를 막아주려는 것이다.

또 한곳, 권을 쓰는 이들이 모인 곳 역시 3명이 탈락하였다.

남은 것은 무연과 백아연 그리고 백하언과 두명의 무인이었다.

백색무인 중 한명이 검을 든 채 빠르게 쇄도해 들어왔다.

동시에 네명의 무인들이 각각 왼쪽과 오른쪽을 두명씩 나누어 움직였다.

전면과 왼쪽, 오른쪽을 동시에 치려는 것이다.

"모여."

조용한 무연의 목소리에 권을 쓰는 무인들이 모였다.

낮은 저음의 목소리.

실제로 들려온 목소리의 크기도 낮았지만, 그들은 뭔가에 홀린 듯 무연에게로 모였다.

그것은 백하언도 마찬가지였다.

자신도 모르게 무연에게 다가간 것이다.

백아연은 무연이 모이라는 말을 하기도 전에 그의 옆에 붙어 있었다.

"우리에게 온 무림맹의 무인들은 모두 검을 쓴다. 살수를 쓸 수 없으니 쉽사리 들어오지 못할 테지."

무연이 전면의 한명을 보며 말했다.

"전면을 친다. 늦지 말고 들어와."

무연이 몸을 튕기듯 앞으로 나아갔다.

나머지 네명의 무인들도 덩달아 무연을 쫓았다.

공격을 방어할 줄 알았던 이들이 갑자기 치고 나오자 당황한 백색무인이 자리에 멈추어 검을 들었다.

재빠르게 날아든 무연의 무릎차기를 백색무인이 검날을 들어 막았다.

그러나 어디선가 날아온 은사는 백색무인의 검날을 감싸

며 검을 비틀었다.

검의 옆면이 무연의 무릎과 부딪쳤다.

검날로 막으면 무릎을 거둘 것이라 생각했던 백색무인은 생각지 못한 은사의 등장에 제대로 된 대비를 하지 못했다.

무연에게서 느껴지는 힘의 크기가 상당해 백색무인의 신형이 빠르게 뒤로 밀려났다.

이를 놓치지 않고 나머지 무인들이 주먹을 날려 백색무인의 어깨와 안면을 노렸다.

백색무인은 유연한 몸짓으로 신형을 뒤로 눕히며 그들의 공격을 피했다.

그러나 그는 곧 자신의 몸이 공중에 떠오름을 느꼈다.

'어느새?!'

무릎을 올려쳤던 무연이 신형을 낮추며 왼발로 바닥을 쓸어 백색무인의 다리를 걸어 넘어뜨린 것이다.

땅바닥에 철퍼덕 넘어진 백색무인은 넘어지는 순간 허리를 튕기며 뒤로 물러섰다.

그 동작이 너무도 깔끔하고 빨라 무인들은 미처 그를 제압하지 못했다.

그가 물러나자 왼쪽과 오른쪽에서 찔러 들어오던 백색무인 네 명이 동시에 무인들을 압박하며 들어왔다.

"하아…앗!"

"윽!"

무인들을 향해 검을 휘두르려던 백색무인들은 경악하며 소매로 얼굴을 가리며 뒤로 물러섰다.

　누구도 모르게 날아든 모래가 그들의 얼굴로 향했기 때문이다.

　날아오는 속도가 너무도 빨라 피할 수 없었다.

　백색무인들이 모래를 피해 뒤로 물러서는 순간, 무인들이 서로를 보호하듯 원형의 진을 짜며 모였다.

　수는 다섯 대 다섯으로 동일했지만, 백색무인들은 쉽게 공격하지 못했다.

　그 모습을 멀리서 지켜보던 도원이 흥미롭게 무연을 바라보았다.

　빠른 상황판단으로 무인들을 결속시키고 백색무인들이 세 방향을 점하여 들어왔다.

　오히려 전면의 홀로 들어오는 무인을 노리고 달려든 무연의 모습에 감명을 받았다.

　검을 옆면으로 비틀어버린 은사의 주인공인 백아연을 보았다.

　분명 놀랄 만한 움직임이었다.

　그리고 이후 이어지는 무연의 모래 뿌리기에 도원은 감탄했다.

　"대단하군! 그 상황에서 모래를 뿌릴 줄이야… 싸움을 많이 겪어본 자로군……."

　도원이 봤을 때의 무연은 숱한 싸움을 겪은 노련한 무인

 18

이었다.

그리고 무연의 옆에서 그를 보조하며 돕는 백아연의 실력 역시 결코 낮지 않았다.

그들을 보며 감탄하던 도원은 고개를 돌려 검을 가진 자들을 바라보았다.

그들 역시 모여는 있었지만, 제대로 싸우지 못했다.

오히려 서로 너무 모여 있어 검을 휘두르다 서로를 벨 뻔한 적도 많았다.

서로의 검로에 방해가 되기도 했다.

그래도 그중에서 눈에 띄는 이가 있었다.

백색무인과 비슷한 백색의 무복을 입은 자였는데, 초식의 정교함은 물론이요. 상대를 베는 것에도 거침이 없었다.

오히려 그를 상대하는 백색무인은 그의 빠르고 정확하며 날카로운 검에 고전하는 중이었다.

그리고 다른 한명, 단발머리를 가진 여인.

화려한 초식이나 검법은 없었지만 매 공격 하나하나가 모두 날카로웠다.

단발머리의 여인은 몸이 유연하고 기민했기에 백색무인의 공격을 쉽고 빠르게 피해냈다.

이후 이어지는 반격은 도원이 보더라도 날카롭고 매서웠다.

"호오……."

단발머리 여인의 솜씨에 감탄하던 도원의 고개가 다시 돌아가 도를 가진 무인들을 향했다.

"역시……."

이미 도를 든 자들은 거의 탈락하여 세명만 남았다.

한명은 이범이었고, 다른 두명은 똑같은 외모를 지닌 무인이었다.

이범은 예상대로 백색무인들의 공세에도 힘겹지만 노련하게 막아내고 있었다.

그 옆에 선 도를 가진 두명의 무인.

"쌍동(雙童)이군……."

같은 외모를 지닌 두명의 무인.

그들은 서로의 왼편과 오른편을 지키며 도를 들었다.

서로의 합을 오래전부터 맞춰온 듯 백색무인의 검과 도를 번갈아가며 막아주었다.

그 실력이 범상치 않았다.

"흠… 확실히 각 소속별로 보물들이 숨어 있군."

약 일다경 정도의 시간을 두고 보던 도원이 힘차게 외쳤다.

"그만!"

그의 우렁찬 목소리에 백색무인들이 뒤로 물러섰다.

백색무인들이 물러서자 남은 무인들의 수는 상당히 줄어 있었다.

가장 많은 수를 가지고 있던 검을 가진 무인들의 수는 18

명이었다.

도를 가진 무인들의 수는 3명, 권을 가진 자들의 수는 5명이었다.

전체적으로 봤을 때 가장 인원 손실이 적은 곳은 권을 가진 자들이 속한 곳이었다.

싸움이 끝나자 숨을 내쉬며 백하언이 무연을 바라보았다.

'실력은 별론데… 냉정하네. 침착하고, 싸움을 많이 해 본 듯한…….'

운현에 밀려 별 관심을 두지 않았던 무연이었는데, 그의 평가가 조금은 달라졌다.

비록 무공실력은 변변치 않아도 지략이나 전술, 전투의 노련함은 인정해야 했다.

게다가 짧은 순간 보여준 용병술 역시 결코 낮은 수준이 아니었다.

'그래도 뭐, 무공이 별로니…….'

어찌되었든 무공실력을 우선시하는 강호에서 무연은 그저 똑똑한 보통의 무인이었다.

무연에 대한 평가를 마친 백하언은 이범을 유심히 바라보았다.

이곳 무인들 중 가장 뛰어난 실력을 가진 이였기 때문이다.

'역시… 탐난단 말이야?'

눈을 빛내며 백하언이 이범을 바라보았다.

"자, 잘들 해주었다."

그의 말과 함께 무인들이 쓰러지듯 자리에 주저앉았다. 극심한 긴장감과 싸움으로 인해 기운이 빠진 것이다.

"너희들이 맹에 입맹한 뒤 겪은 모든 시험이 왜 이런 식으로 이루어지는지 궁금하지 않느냐?"

무인들은 정말 궁금하다는 듯 도원을 바라보았다.

대체 왜 이런 식의 시험을 겪어야 하는지 궁금했기 때문이다.

"그래. 억울할 수도 있겠지만, 금년도부터 시험의 구성이 바뀌었다. 실전과 같은 시험을 통해 정예 중의 정예를 선발하기 위해서지."

그의 말대로 맹에서 이루어진 모든 시험은 실전을 가정하여 이루어졌다.

실제로 일어날 법한 상황들, 전투 중에 일어나는 기습이나 전면전을 임의로 만들어낸 것이다.

"기뻐해도 좋다. 너희는 신(身)의 시험을 통과하였다."

"아아!"

끝까지 남은 인원들이 서로를 부둥켜안으며 좋아했다.

물론 서로 모르는 사람들도 있었지만, 계속 이어지는 실전과 같은 시험 탓에 서로에 대한 유대감이 형성된 것이다.

"어땠어?"

백하언의 질문에 백건이 소매로 검신을 쓸어내리며 말했다.

"나쁘지 않군. 이런 식으로 천소단을 뽑게 된다면 천소단의 수준도 날이 갈수록 높아지겠지."

"그것 말고, 이범이라는 자."

백하언의 말에 백건이 도를 허리춤에 메는 이범을 바라보았다.

"나와 동급 혹은 더 강할지도 몰라."

"에이… 설마."

"진심이야."

그렇게 말함과 동시에 백건은 고개를 돌려 자신과 같이 검을 든 자들에 속했던 단발머리의 여인을 바라보았다.

자신도 그리 큰 위기가 있었던 것은 아니지만, 무난하게 백색무인들의 공격을 막아냈다고 생각했다.

그러나 단발머리 여인에게서는 전혀 위기를 느껴본 적이 없었다.

오히려 검로를 이미 다 알고 있는 듯 태연하게 백색무인들의 검을 피하고 반격하는 그녀의 모습은 백건을 사로잡았다.

검을 검집에 집어넣으며 무심히 서 있던 그녀는 고개를 돌려 무연을 바라보았다.

단발머리의 여인 역시 싸우는 와중에도 무연을 살폈다.

무연이 전면의 무인을 무릎으로 공격한 후 그의 다리를

걸어 넘어뜨렸다.

그런 뒤 모래를 뿌리며 백색무인들의 접근을 막는 모습을 보았다.

좋은 전술과 판단이기는 했지만, 그것이 강한 무인이라 보기엔 어려웠다.

그녀는 고개를 돌려 자신에게 다가온 남자를 발견했다.

"이름이 무엇인지 알 수 있겠소?"

하얀 무복의 미남자.

백건은 여인에게 다가가 이름을 물었다.

여인이 잠시 고민하는 듯하다 이내 붉은 입술을 열며 말했다.

"한소진."

그 말을 끝으로 자신을 한소진이라 밝힌 여인은 백건을 지나쳐갔다.

"내 이름은 백건이오."

백건이 자신을 스쳐가는 한소진을 향해 말했다.

한소진은 걸음을 멈추지 않은 채 앞으로 나아갔다.

전투가 끝나고 무연에게 다가온 백아연이 숨을 몰아쉬며 말했다.

"휴. 무 공자가 아니었다면 위험할 뻔했어요."

"굳이 내가 아니었어도 백 소저는 탈락하지 않았을 것이오."

"과찬이에요."

밝은 미소를 보이며 웃은 백아연은 도원의 목소리에 고개를 돌려 도원을 바라보았다.

"자, 다음 지(知)의 시험은 다음 날 진시에 시작할 것이다. 모두들 맹의 사람에게 안내를 받아 숙소에서 편히 쉬고 내일 보도록."

빠르게 다음 일정을 공고한 도원이 그들을 쭈욱 둘러보다 중앙연무장을 빠져나갔다.

도원이 가고 나자 맹의 사람들이 나타나 탈락하지 않은 이들을 이끌고 숙소로 향했다.

남자와 여자의 숙소가 서로 달랐다.

무인 중에서도 겨우 3명 있던 여자 무인인 한소진과 백아연, 백하언은 왼쪽에 위치한 숙소로 갔다.

나머지 남자 무인들은 반대편에 위치한 숙소로 향했다.

식사는 숙소로 직접 제공되었다.

무인들은 땀과 흙, 피를 씻어낸 후 각자의 숙소에 들어갔다.

*　*　*

"어떤가. 이번 입단시험에 참여한 무인들의 수준은?"

"보통이네… 단지 눈에 띄는 이들이 몇 명 있을뿐."

"눈에 띄는 이들?"

이겸이 궁금하여 도원에게 묻자 그는 미소를 지으며 말

했다.

"지(知)와 충(忠)의 시험이 끝나고 내가 눈여겨본 이들이 남아 있다면 그때 말해주지."

"허허… 왜 하필 그때인가?"

"만약 내가 말한 자들이 다음 시험에서 떨어지기라도 한다면 그건 보통 민망한 일이 아니지 않겠나?"

"그도 그렇지. 하하."

"하하하."

호탕하게 웃으면서도 도원의 눈은 무인들이 머무르는 숙소를 향했다.

'물론 그들이 떨어질 리는 없겠지만 말이야…….'

도원은 그들이 절대 떨어지지 않을 거라 생각했다.

"그래서… 이번 천소단에 입단하는 인원들로 용천단(龍踐團)을 만드는 것에 대해 어떻게 생각하나?"

이겸의 물음에 도원이 오른손으로 턱을 쓸었다.

그의 말대로 이번 천소단에 입단한 이들과 선발한 몇몇의 천소단원으로 용천단을 만들겠다는 것이 무림맹 수뇌부의 생각이었다.

물론 아주 소수의 의견이었지만.

용천단(龍踐團).

그 이름의 무게를 아는 도원은 무인들이 쉬고 있을 숙소를 바라보며 말했다.

"사실 내가 잘하고 있는 건지… 잘 모르겠군."

* * *

"운현!"

무림맹에 입맹한 운현은 시험을 치를 무연을 뒤로하고 맹에 들어왔다.

맹에 들어간 후 천소단으로 들어가자 익숙한 얼굴이 눈에 보였다.

"설중……."

"어떻게 갔던 일은 잘됐나?"

"뭐 그럭저럭 되었다네."

"다행이군. 어서 가세. 자네를 기다리는 이들이 많으니."

화설중의 손에 이끌린 운현이 도착한 곳에는 이미 와 있었던 화설과 모용현, 남궁청이 있었다.

"어! 운 공자님!"

모용현이 운현을 발견하고 활짝 웃었다.

화설 역시 그를 발견한 듯 미소지으며 다가왔다.

마지막으로 남궁청이 운현에게 다가왔다.

"왜 이렇게 늦었어요?!"

화설의 표독스러운 목소리에 운현이 난처하게 웃으며 말했다.

"미안……."

"어쨌든 왔으니 되었어요."

"그는 어떻게 되었나?"

무연에 대해 묻는 남궁청의 말에 운현이 미소지으며 손가락으로 중앙연무장을 가리켰다.

"천소단 시험을 보고 있네."

"그도 천소단원이 되려는 것인가?"

"그렇게 됐네."

무연이 천소단의 입단시험을 치른다는 말에 모두가 중앙연무장 쪽으로 고개를 돌렸다. 그러나 아무도 걱정하는 이는 없었다.

"뭐, 걱정할 필요는 없겠네요."

화설의 말에 모두의 고개가 끄덕여졌다.

사혈문주를 직접 죽인 무연이었다. 어떤 시험이 그를 막을 수 있겠는가?

그들은 무연에 대한 걱정은 사치인 듯 저마다의 이야기를 나누었다.

"아참! 운 공자님. 혹시 장 사부님을 뵙지 못하였나요?"

화설이 손뼉을 치며 뭔가가 생각났다는 듯 궁금한 표정으로 물어오자 운현이 고개를 저으며 대답했다.

"아니 뵙지 못하였는데 왜?"

"아뇨… 스승님이 무 공자의 얘기를 듣고는 갑자기 어디론가 달려가셨거든요. 너무 빠르셔서 쫓지도 못하고 지켜

볼 수밖에 없었는데 혹시나 해서요."

"흠…청성산으로 오신게 아니었나?"

청성산에 있는 동안 장사혁을 본 적이 없었기에 운현은 멋쩍은 미소를 띠었다.

"아니면 내가 내려가고 오셨을 수도 있겠네."

"그럴 수도 있겠네요. 에휴."

단 한번도 장사혁이 자신을 내팽개치고 어디론가 떠난 적이 없었기에 화설은 뾰루퉁해진 얼굴로 짤막한 한숨을 내쉬었다.

* * *

"으아… 힘들다… 힘들어. 무슨 시험이 이렇게 힘든 지……."

"그러니까. 세상에 이런 시험도 존재하는군……."

시험을 통과하여 몸을 씻고 숙소에 몸을 뉘인 무인들이 저마다 이야기를 나누었다.

얼마 가지 못해서 피곤함을 이기지 못한 이들이 잠을 청했다.

그것을 기점으로 거의 모든 무인들이 잠에 빠졌다.

하지만 그중에서도 잠에 들지 않은 세명의 남자가 있었다.

한명은 무연이었고 다른 두명은 백건과 이범이었다.

세 명의 남자는 말없이 서로를 향해 앉아 있었다.

이범은 자신의 도를 천으로 닦고 있었다.

백건은 그런 이범을 바라보고 있었다.

그리고 무연은 창밖으로 보이는 밤하늘을 구경했다.

"밝군."

침묵 속에 들려오는 무연의 혼잣말에 백건과 이범이 고개를 들어 바라보았다.

무연은 자신을 바라보는 시선을 느끼고 이범과 백건을 향해 고개를 내렸다.

"하늘."

무연의 말에 이범과 백건의 고개가 하늘을 향했다.

말 없는 그들의 시선은 한참이나 하늘에 머물렀다.

그날의 별은 유난히도 밝았다.

* * *

지(知)의 시험을 위해 시간을 맞춰 중앙연무장에 모인 무인의 수는 총 26명이었다.

검을 든 자가 18명, 도를 든 자가 3명, 권을 사용하는 자가 5명이었다.

무연의 옆에선 백아연이 무연을 보며 물었다.

"이번엔 지(知)의 시험이네요… 신의 시험도 범상치 않았는데… 지의 시험도 뭔가 있겠죠?"

말없이 고개를 끄덕인 무연은 멀리서 그들에게 다가오는 새로운 얼굴을 발견했다.

콧수염을 길게 염소처럼 길러놓은 그는 중앙연무장에 모인 무인들에게 다가왔다.

작고 길쭉한 눈을 굴리며 무인들을 살폈다.

"예상보다 꽤 많이 남았군요?"

시큰둥한 말투의 그는 예상외라는 듯 남아 있는 무인들을 보며 말했다.

그 말에 무인들은 어이가 없다는 듯 그를 바라보았다.

첫날 이곳에 도착한 무인의 수는 200명이었다.

하지만 신의 시험이 본격적으로 시작되면서 대거 탈락하기에 이르렀다.

지금은 도착한 수의 1할 정도인 26명만이 남았는데, 이를 보고 염소수염의 남자는 의외라는 듯 반응했기 때문이다.

"제 이름은 제갈윤입니다. 일단… 다 같이 차나 한잔할까요?"

제갈윤의 말이 끝나기가 무섭게 그의 뒤에 서 있던 제갈세가의 무인들이 중앙연무장에 모여 있는 26명에게 차를 건넸다.

"향을 맡아보십시오."

모두 제갈윤의 말에 따라 차의 향을 맡았다.

연한 녹빛을 띠는 차에서 나는 향긋한 향에 무인들은 몸의 피로가 어느 정도 가시는 듯한 느낌을 받았다.

무인들의 편안해지는 표정을 보았는지 제갈윤이 빙긋 웃으며 말했다.

"용정차(龍井茶)입니다. 향과 맛이 뛰어난 건 기본이요, 여러분의 머리를 맑게 해주는 데에도 효과적이죠. 다들 차를 한잔하시죠."

말을 끝낸 제갈윤이 용정차를 우아하게 마시기 시작했다.

이에 무인들도 제갈윤을 따라 차를 마셨다.

차에서 흘러나오는 진한 향과 깊은 맛에 무인들이 눈을 감고 음미했다.

백아연 역시 코끝을 자극하는 용정차의 향긋한 향기에 취해 한모금 마시려고 하는 순간, 누군가 그녀의 손목을 움켜쥐었다.

백아연이 거친 손길에 놀라 고개를 돌려보니 무연이 그녀의 손목을 잡고 있었다.

"마시는 척을 하되 마시지는 마시오."

작은 목소리로 말한 무연이 백아연의 손목을 놓고 용정차를 마셨다.

의도를 알 수 없는 말이지만 백아연은 무연의 말을 따랐다.

향긋하고 깊고 진한 용정차의 향이 백아연을 유혹했지만, 그녀는 무연의 말에 따라 마시지 않고 입술만 살짝 적섰다.

 모든 무인이 용정차를 마시자 제갈윤이 뒤를 보며 손짓을 했다.

 제갈세가의 무인들이 커다란 보자기를 들고 나타났다.

 이윽고 남색의 보자기를 중앙연무장, 제갈윤의 앞에서 펼쳐보였다.

 그 보자기에선 여러 종류의 약재와 약을 제조할 수 있는 몇 가지 도구가 보였다.

 무인들을 보며 제갈윤이 싸늘하게 웃으며 말했다.

 "제 앞에 펼쳐져 있는 약들은 여러분이 흔히들 볼 수 있는 약재들부터 아주 진귀한 약재들까지 다양합니다. 그런데… 왜 제가 이 약재들을 여러분들 앞에 펼쳤을까요?"

 제갈윤의 말을 들은 백아연이 눈을 동그랗게 뜨며 무연을 돌아보았다.

 무연은 백아연을 보며 고개를 끄덕였다.

 "서… 설마."

 백아연은 그제야 무연의 행동의 의미를 깨달았다.

 그 순간, 제갈윤의 목소리가 중앙연무장에 들려왔다.

 "지금부터 지(知)의 시험을 시작합니다. 제한시간은……."

 제갈윤이 몸을 휙 돌린 뒤 중앙연무장을 벗어나기 시작했다.

 떠나가는 제갈윤을 바라보는 무인들의 귓가에 싸늘한 목

소리가 들렸다.

"반 시진입니다."

영문을 몰라 하는 무인들 사이에서 한 무인이 돌연 무릎을 꿇었다.

그는 검을 든 무인들 중 한명이었다.

이름은 주유찬이라는 자였다.

몸을 부들부들 떨기 시작하더니 각혈을 토해냈다.

그는 떨려오는 몸을 부여잡으며 간신히 입을 열어 말했다.

"도… 도… 독이…야."

"독… 독이라고?!"

주유찬의 말을 들은 무인들은 혼란에 빠졌다.

그제야 자신들이 마신 차에 독이 들어가 있음을 알아차린 것이다.

제갈윤이 시작한 지(知)의 시험의 정체는 바로 독과 약재를 이용한 해독이었다.

또 뒤를 이어 두명의 무인이 주유찬과 마찬가지로 바닥에 주저앉으며 각혈을 했다.

그들 역시 같은 독에 중독된 듯 몸을 사시나무 떨듯 떨었다.

"해독제… 해독제를 만들어야 해!"

무인들 중 한명이 급히 외쳤지만, 누구도 쉽사리 해독제를 만들러가지 못했다.

어떤 독인지도 몰랐고, 어떤 식으로 해독제를 만들어야
하는지도 제대로 아는 이가 없었기 때문이다.

그때, 백아연이 앞으로 나섰다.

"잠깐 상태 좀 확인해 볼게요."

백아연이 앞으로 나서며 독에 중독된 이들을 살폈다.

특별히 피부에 나타나는 증상은 없었다.

각혈을 토해내며 코에서 피가 흘러나왔다.

그리고 오한이 드는지 연신 몸을 부들부들 떨어댔다.

"저 좀 봐주세요."

백아연의 말에 주유찬이 힘겹게 고개를 들어 바라보았
다.

백아연이 그의 눈을 보았다.

눈의 초점이 점점 흐려지고 있었다.

"어때. 알아보겠어?"

백건의 질문에 백아연이 고개를 저으며 말했다.

"현재 나타나는 증상으로 봤을 때 짐작이 가는 독은 다섯
가지예요. 그런데 다섯가지 모두 약재를 제조하는데 시간
이 오래 걸려서… 전부 만들기는 불가능해요."

백아연의 말에 무인들의 표정이 어두워졌다.

결국 복불복이었다.

다섯가지의 독 중 어느 것인지 알 수 없었다.

시간 안에 만들 수 있는 해독제는 두가지뿐이었다.

"방법이 없는 겁니까?"

이범이 백아연에게 다가와 물었다.

그 역시 독에 중독된 것 같았지만 겨우 참고 있는 듯 보였다.

입술을 깨물며 생각하던 백아연이 한참 뒤에 입을 열었다.

"없진… 않아요. 다섯가지 독 중 죽음에 이르는 독이 두 가지 있어요. 하지만 무림맹에서 살상독을 사용하진 않았을 거예요. 독도 약처럼 사람에 따라 증상도, 중독되는 시간도 다르니까요. 사람을 죽일 셈이 아니라면… 살상독은 사용 안 했겠죠… 그렇다면 남은 건 세가지인데……."

막힘없이 말하는 백아연을 이범이 말없이 바라보았다.

백아연은 중독된 이들을 살펴보다 뭔가 깨달은 듯 작은 탄성을 지르며 말했다.

"아까 저희가 마신 차가 용정차라고 했나요?"

백아연이 고개를 획— 하며 돌리며 말했다.

검고 윤기 나는 머리카락이 찰랑거리며 돌아가는 모습에 이범이 살짝 넋을 잃었지만, 금세 정신을 차리고는 고개를 끄덕였다.

자리에서 벌떡 일어난 백아연이 자신의 찻잔을 바라보았다.

"용정차의 색이 연해요. 보통의 용정차라면 색이 이렇게 연할 리가 없는데 이걸 왜 지금 봤지? 그리고 향… 독향을 지우기 위해서 차향을 이용했다면……?"

유색유취의 독.

백아연이 눈을 빛내며 약재가 모여 있는 곳을 향해 몸을 날렸다.

그사이 다섯명의 무인들이 또 중독되어 쓰러졌다.

무인들은 저마다 자신이 중독되진 않았을까 전전긍긍했다.

뒤이어 백하언이 자리에 무릎을 꿇었다.

입을 틀어막았지만, 울컥 올라오는 피를 막진 못해 막은 손 사이로 피가 흘러나왔다.

백하언은 중독으로 인해 온몸이 고통스러웠지만 쓰러지지 않고 버텼다.

그저 충혈된 눈을 힘겹게 부릅뜨며 백아연을 바라보았다.

"배… 백아연… 앞에서 쓰러질 순 없지…….".

백아연에 대한 백하언의 왜곡된 집착은 그녀를 쓰러지지 않고 버티게 해주었다.

한편, 약재들 사이에 도착한 백아연은 고민에 빠졌다.

독은 두 가지로 좁혀졌다.

하나는 비혈산공독(泌血散空毒)이었고, 또 하나는 양사독(痒蛇毒)였다.

둘 다 유색유취의 독이었으며 해독제를 제조하기 까다롭기에 남은 일식경의 시간동안 두가지 해독제를 모두 만들 순 없었다.

백아연이 선택의 기로에 서 있을 무렵, 무연이 그녀에게 다가왔다.

"양사독의 해독제를 만들어야 할 것이오."

무연의 목소리에 백아연이 놀라 고개를 돌려 무연을 바라보았다.

"어떻게……?"

가만히 서서 상황을 방관하던 무연이 힘겹게 독의 정체를 알아내던 백아연에게 다가왔다.

그녀가 생각하던 두가지 독 중 하나의 독을 골라 해독제를 만들라하니 백아연이 놀라지 않을 수 없었다.

"비혈산공독과 양사독, 둘 사이에 고민하고 있었지 않소?"

"네…….."

"내단에 저항이 오지 않는 걸로 보아 산공독의 종류는 아니오. 그러니 남은 건 양사독이오."

"그걸 어떻게… 혹시 무 공자도 독에……?!"

무연은 말없이 고개를 끄덕였다.

놀란 백아연이 무연의 위아래를 급히 훑었다.

그러나 무연은 독에 중독된 사람치고는 너무도 멀쩡했다.

오히려 다른 이들보다 건강해 보이기까지 했다.

그녀의 모습을 본 무연이 말했다.

"내 걱정은 말고 양사독에 대한 해독제를 만드는 게 좋겠소. 제조 방법은 아시오?"

"아… 아! 네! 알아요."

백아연이 급히 약재들 사이에서 몇 가지 약재를 골랐다.

어릴 적부터 차곡차곡 쌓아온 수많은 지식들은 백아연을 결코 실망시키지 않았다.

능수능란한 솜씨로 해독제를 만들기 시작한 백아연.

순식간에 약재를 제조해 둥근 단환 모양으로 만들었다.

그렇게 만든 해독단은 여러 무인들의 손을 거쳐 중독된 무인들의 입에 들어갔다.

물론, 해독단을 먹는다고 바로 중독이 풀리는 것은 아니었지만 몇몇의 무인들이 각혈을 멈추고 부들대던 몸을 서서히 멈추었다.

"휴우……."

백아연이 자리에 주저앉았다.

아직 경과를 지켜봐야 하지만 그녀는 그녀 나름의 최선을 다했다.

이후 얼마 지나지 않아, 정확히 일식경의 시간이 모두 지나자 제갈윤이 모습을 드러냈다.

중독에서 겨우 벗어나 힘겨워 하는 이들 몇 명을 빼고는 26명 모두 무사한 모습을 본 제갈윤이 눈을 빛내며 말했다.

"대단하군요! 독의 종류를 알아낸 것도 대단한데, 해독제까지 제조한 겁니까?"

정말로 놀란 듯 제갈윤이 눈을 빛내며 그답지 않게 약간 들뜬 목소리로 말했다.

무인들은 살짝 원망 어린 눈빛을 보내왔지만, 제갈윤은 전혀 신경 쓰지 않았다.

"이 일을 모두가 해냈으리라 생각하진 않습니다. 누구 죠? 독을 밝히고 해독제를 만든 사람이?"

제갈윤의 말에 모두의 시선이 백아연에게로 향했다.

제갈윤을 포함한 26명의 시선이 자신에게로 모인 것을 느낀 백아연이 얼굴을 붉혔다.

"아… 아니, 이건……."

난생처음으로 받는 수많은 시선에 백아연이 말을 더듬으 며 무연을 바라보았다.

자신이 독이 든 차를 마시지 않고, 두가지 독에서 고민하 고 있을 때 도움을 준 것이 무연이었다.

그러니 그쪽으로 고개를 돌린 것이다.

무연이 고개를 작게 저었다.

그 모습에 백아연이 무연에게서 시선을 떼며 고개를 숙 였다.

"백아연 소저가 맞나요?"

"아, 네. 맞습니다."

"대단하군요. 훌륭한 지식입니다. 여러분은 약육강식의 무림에서 각자의 무기를 들고 중원의 수많은 이들과 맞서 야 하는 무인들입니다. 자신 혹은 동료가 이런 상황에 빠

지지 않으리라고 할 수는 없죠."

무인들은 어이가 없음에도 제갈윤의 말에 반박할 수 없었다.

어찌되었든 무림맹의 맹원이 되는 순간부터 수많은 임무를 수행해야 했다.

그 과정은 무림의 특성상 위험하지 않을 수 없을 것이다.

"어쨌든, 백아연이란 여무인의 도움에 의해 여러분들은 중독에서 벗어나 목숨을 부지할 수 있게 되었습니다. 방금 여러분이 겪은 경험을 절대 잊지 말도록 하십시오. 그럼, 지의 시험 첫단계를 통과하였으니 조금 쉬도록 합시다. 다음 시험은 반시진 후에 치르도록 하겠습니다."

말을 마치고 제갈윤이 홀연히 자리를 떠났다.

제갈윤이 떠나고 나자 무인들은 자리에 앉아 한숨을 내쉬었다.

한순간도 방심할 수 없는 시험의 연속이었다.

신(身), 지(知)의 시험 모두 별안간 벌어졌고, 단 한번의 방심이 탈락으로 이어졌다.

지쳐 자리에 앉은 백아연이 자신의 옆에 서 있는 무연을 보며 물었다.

"그런데 무 공자는 양사독에 중독되지 않으신 건가요?"

"중독되었소."

"네에?!"

놀란 백아연이 자리에 벌떡 일어나 무연을 살폈다.

그러나 무연에게선 아무런 중독의 증세가 보이지 않았다.

"양사독은 근맥을 마비시키고 정신을 혼란케 하는 마비독의 일종이오. 단기간에 상대방을 마비시킬 수 있는 장점이 있지만, 독연 같은 기체로의 중독은 불가하고 오로지 액체를 통해 마시거나 흡입하는 식의 중독만이 가능하오. 그러니 양사독이란 걸 알고 있다면 그것이 몸에 퍼지기 전에 억제시키는 것도 불가능한 건 아니오."

"그럼 차를 마시기 전부터… 양사독인걸 아셨나요?"

"그렇소."

"어떻게 아셨나요?"

제갈윤은 용정차를 이용해 양사독을 사용했다.

용정차는 특유의 향이 강하고 색이 진해 양사독인걸 알아차리기도 힘들다.

중독증세를 알기 전까지는 양사독인걸 알 수도 없었다.

하지만 무연은 애초에 양사독인걸 알고 있는 듯했다.

더 나아가 모두가 의심 없이 차를 마실 때 무연만은 독이 있다는 걸 알고 백아연이 차를 마시는 걸 저지했다.

"그러고 보니… 제가 차를 마시기 전에 저지해주셨죠."

"향으로 알았소."

"향……?"

"양사독은 특유의 알싸한 향이 있소. 양사독을 제조할 때 쓰이는 사유초(蛇濡草)에서 나는……."

"아아."

백아연이 새삼스러운 눈으로 무연을 바라보았다.

첫 만남부터 지금까지 도통 알 수 없는 자였다.

눈썰미가 뛰어나고 사람보는 눈에는 일가견이 있다고 자신해오던 그녀였지만, 무연은 아무리 보아도 겉과 속을 알 수가 없었다.

'신기한 사람이야……'

자신보다 큰 키를 가진 무연을 올려다보며 백아연이 생각했다.

또다시 반시진이 지나기가 무섭게 제갈윤이 모습을 드러냈다.

연무장에 도착한 제갈윤은 말없이 무인들을 바라보다 웃으며 말했다.

"자, 이제 두번째 시험을 위해 장소를 옮기겠습니다. 다음 시험 장소는 지하연무동입니다. 다들 출발하도록 하죠."

제갈윤의 안내를 따라 26명의 무인들은 다 같이 무림맹의 지하연무동으로 향했다.

무림맹의 지하연무동은 독문무공이나 폐관수련을 위한 수련 장소로도 쓰였다.

지하연무동과 얼마 떨어지지 않은 곳에 존재하는 지하감옥은 무림의 공적이나 마교의 무인들이 갇혀 있는 곳이기도 했다.

지하연무동에 도착한 무인들은 몇 개의 등불에 의지하여 빛을 내는 지하연무동을 바라보았다.

앞도 제대로 보이지 않는 연무동에 도착한 26명은 어느새 사라진 제갈윤을 찾아 눈을 굴렸다.

그러나 제갈윤의 모습은 그 어디에도 보이지 않았다.

"서… 설마? 벌써 시작된 건 아니겠지?"

불안한 마음에 무인 중 한명이 입을 열자 다들 주위를 살피기 시작했다.

그의 말대로 제갈윤의 모습이 보이지 않았다.

게다가 그들을 안내해주던 제갈세가의 무인들도 보이지 않았다.

"이번엔 또 뭐야!"

짜증이 난 백하언이 신경질적으로 외쳤다.

양사독에 중독된 후 백아연의 도움으로 중독에서 벗어난 것이 매우 신경 쓰이기도 했다.

자존심도 크게 상한 상태였는데 또 별안간 시작된 알 수 없는 시험에 짜증이 난 것이다.

"조용히."

백건의 말에 백하언이 입을 다물었다.

모두가 숨을 죽인 가운데 연무동에 통—통— 하며 속이 빈 철로 만들어진 물체가 바닥에 튕기는 소리가 들려왔다.

자신의 발밑에 뭔가가 와 부딪치는 것을 느낀 이범이 고개를 숙여 물체를 바라보았다.

"이건……?"

둥근 원형의 기다란 물체는 이범의 발에 부딪히더니 푸수숙—! 하는 소리와 함께 검은 연기를 내기 시작했다.

"독연!"

이범의 외침에 나머지 무인들이 크게 놀라며 바라보았다.

"모두 피해!"

독연은 금세 연무동을 메웠다.

무인들은 독연을 피해 연무동의 깊은 곳을 향해 들어갔다.

26명의 무인들이 재빨리 달려가기 시작했다.

달려가는 도중 의아함을 느낀 무연이 자리에 멈췄다.

"무 공자님?"

"앞엔 기관이 설치되어 있다."

"기관이라니!"

무연의 말에 무인들이 급하게 자리에 멈추었다.

앞은 기관, 뒤에는 독연이 다가오고 있었다.

뒤를 한번 바라본 무연이 앞을 내다보았다.

기관은 단순했다.

아무래도 이 시험을 위해 준비한 기관 같았다.

시험을 치르는 무인들의 목숨을 해할 만큼 위험한 기관 역시 없었지만, 그렇다고 무시하고 지나갈 수준은 아니었다.

"어떻게 해야 하죠?"

백아연의 질문에 무연이 잠시 생각에 잠겨 있을 때, 한명의 무인이 앞으로 나섰다.

그는 두눈을 가늘게 좁히며 앞을 바라보다 무연을 보며 말했다.

"무 공자라… 하셨습니까?"

무인이 무연을 보며 물었다.

무연이 고개를 끄덕이자 무인이 말했다.

"저는 우윤섭이라 합니다. 그리고… 제 사문은 벽사문(壁使門)입니다. 비록 제가 검에 길이 있어 벽사문의 기관지식을 완전히 섭렵하지 못하였으나… 아주 맹인은 아닙니다. 하지만 지식은 가지고 있으나 눈이 따라주지 못하는군요."

우윤섭의 말에 무연이 앞으로 나섰다.

우윤섭의 의도를 알아차린 것이다.

우윤섭은 기관지식에 대한 지식을 가지고 있었다.

그러나 어두운 연무동 안에서 제대로 살필 수 없었으니 홀로 기관에 대해 알아차린 무연에게 부탁을 한 것이다.

앞으로 나선 무연에게 우윤섭이 물었다.

"개관지점을 찾아야 합니다. 혹시 연무동의 지반이 조금 다른 곳이 보이십니까?"

연무동을 깎아 만든 이후, 기관을 설치하기 위해 새롭게 지반에 손을 댄 곳이 있을 거란 우윤섭의 말에 무연이 주

위를 살폈다.

"앞으로 5보."

"아마 그곳이 개관지점일 것입니다. 제가 한번 보겠습니다."

무연의 옆에 선 우윤섭이 자리에 무릎을 대고 앉으며 땅 밑을 살폈다.

그사이 독연은 어느새 무인들의 지척에 다가왔다.

"독연이 지척으로 다가왔다!"

무인의 외침이 들려왔다.

우윤섭은 재빨리 바닥을 살피다 바닥에 박혀 있는 바윗돌 하나를 꺼내 앞으로 던졌다.

아니나 다를까.

바닥에 돌이 닿는 순간 양쪽 벽에서 쇠구가 달려 있는 화살들이 뿜어져나왔다.

"발추관(發錐關)입니다. 아무래도 기관은 바닥과 양쪽 벽이 연결되어 있는 걸로 보이는데, 바닥을 잘못 디디면 양쪽 벽에서 준비된 함정이 발사될 겁니다. 하지만 이를 다 파악해내려면……."

"그럴 시간이 없소."

이범이 앞으로 나서며 도를 꺼내들었다.

"자신의 무공이 뛰어나다 생각된다면, 앞으로 나오시오."

정면 돌파를 위해 이범이 앞으로 나서며 말했다.

그의 의도를 알아차린 백건이 검을 꺼내며 나섰다.

둘은 자신의 병장기를 들어올렸다.

"가시겠소?"

이범이 한 여인을 보며 말했다.

여인은 자신의 철검을 유려하게 뽑아내며 백건과 이범의 옆에 섰다.

바로 한소진이었다.

총 세 명의 무인이 앞에 섰다.

그들은 기관에 대해 알았다.

그러니 남은 건 자신이 낼 수 있는 최대한의 경공과 무공을 이용해 기관을 돌파하는 것이다.

"자, 그럼 우리가 출발한 이후에 오시오."

이범이 말을 마치며 앞으로 쏜살같이 내달렸다.

그 뒤로 백건과 한소진이 따랐다.

그들이 앞으로 바람같이 내달리자 작동된 기관들에게서 쇠구가 달린 화살이 쏟아져나왔다.

목숨을 위협하지 않는 수준이었지만, 맞게 된다면 골절상은 감수해야 하는 위력이었다.

그들이 지나간 곳을 향해 나머지 무인들이 달리기 시작했다.

이범은 도를 양쪽으로 펼치며 날아든 화살을 쳐냈다.

백건은 오른쪽을, 한소진은 왼쪽을 맡았다.

세 명의 신형은 거침없이 화살을 부러뜨리며 앞으로 나아갔다.

무연과 백아연 그리고 백하언과 우윤섭 등의 무인들이 뒤를 따랐다.

그들이 함정을 피하거나 파하며 한참을 달렸을 때.

앞에서 밝은 빛이 보였다.

무인들은 혼심의 힘을 다해 빛을 향해 달려나갔다.

"아⋯⋯!"

모든 힘을 다해 연무동을 통과해 나온 무인들은 자신의 앞에 펼쳐진 광경을 발견하고는 그대로 자리에 멈추었다.

자신들을 두고 사라졌던 제갈윤이었다.

제갈윤은 살짝 놀란 표정으로 무인들을 보며 말했다.

"오⋯ 꽤 이른 시간에 통과하셨군요."

비릿하게 미소지은 제갈윤이 들고 있던 부채를 손에 말아 쥐며 말했다.

"그럼 세번째 시험을 시작하죠."

뒤따르는 믿음

쿠구구궁—

불길한 소음이 무인들의 귓가에 울려왔다.

그중 가장 빨리 상황을 파악한 우윤섭이 크게 외쳤다.

"연… 연무동이 닫힙니다!"

우윤섭의 외침대로 연무동의 천장이 서서히 낮아지기 시작했다.

무인들의 표정이 금세 하얗게 변했다.

세번째 시험을 시작한다는 말과 함께 제갈윤은 또다시 어디론가 홀연히 사라지고 없었다.

아마 사라지는 것으로만 치면 제갈윤이 중원제일인일 거

라 생각하던 무인들은 앞으로 내달렸다.

왔던 길은 독연 때문에 다시 돌아갈 수 없었다.

그들이 나아갈 길은 앞에 보이는 작은 출구뿐이었다.

빠르게 내달려 작은 출구에 다다르자 제일 앞에 서 있던 무인이 자리에 멈추었다.

"아… 앞이 안 보여!"

그의 말대로 앞은 어둠 그 자체였다.

흔한 등불도 없는, 작은 불씨조차 빛을 비추지 않는 곳이었다.

지금까지의 시험들을 생각하면 저 앞도 분명 심상치 않은 장치가 되어 있을게 뻔했기에 쉽사리 발을 뗄 수가 없었다.

"여기 다른 출구가 있어!"

또 다른 출구를 발견한 무인의 외침에 나머지 무인들의 고개가 휙— 돌아갔다.

그곳은 밝은 등불로 앞이 환히 밝혀진 출구였다.

무연과 백아연 그리고 몇몇의 무인을 제외한 모든 무인들이 그곳을 향해 달려갔다.

백아연 역시 그들을 따라가려 했다.

그러나 무연은 자리에 못 박힌 듯 가만히 서서 앞이 보이지 않는 출구를 바라보고 있었다.

때문에 백아연은 밝은 출구로 달리는 무인들을 따라가지 못하고 무연을 바라보며 물었다.

"안 가십니까?"

"이쪽으로 갈 것이오."

무연이 성큼성큼 어두운 출구로 들어갔다.

거침없는 발놀림에 무연의 모습은 순식간에 어둠 속으로 빨려들어갔다.

백이언이 혼란스러워 하고 있을 때.

조용히 무인들을 제치고 단발머리의 여인, 한소진이 무연을 따라 어둠 속으로 사라져갔다.

"하아……."

백아연도 몸을 날렸다.

불안하긴 했지만, 무연과 떨어져 있는 것이 더 불안했다.

백아연의 신형이 사라지자 그 뒤로 이범이 따랐다.

그리고 뒤이어 우윤섭이 어둠 속으로 들어갔다.

"어떻게 할 거야?"

백하언이 백건을 보며 물었다.

잠시 생각을 하던 백건이 발걸음을 옮겼다.

그 역시 어둠을 택했다.

"으으으! 젠장!"

백아연과 백건이 어둠 속으로 사라지자 망설이던 백하언이 결국 그들을 따라 뛰어들었다.

그녀 역시 백건과 떨어져 있는게 싫었기 때문이다.

그리고 쌍둥 무인인 장혁과 장현이 어둠을 택해 들어갔다.

그들의 뒤로 몇 명의 무인들이 더 따라 들어갔다.

어둠 속으로 들어온 곳은 아무 소리가 들리지 않았다.

'기문진(奇門陣)인가……?'

특수한 구조와 기관, 진법을 이용하여 만드는 기문진은 사람을 현혹시키고 혼란에 빠지게 했다.

보통 장보도나 보물이 숨겨져 있는 비동에 외부인을 막기 위해 사용되거나, 기문진의 형(形)으로 진법을 꾸려 적과 상대할 때 많이 쓰인다.

현재 이 출구에도 환경과 관련된 기문진이 장치되어 있는 듯했다.

무연이 일부러 크게 발걸음을 옮겼으나 그의 발이 닿는 소리가 들리지 않았다.

마치 허공에서 발을 놀리고 있는 것처럼 아무 소리도 나지 않았다.

무연은 앞으로 나아가면서 눈을 감았다.

어차피 눈을 떠봐야 보이는게 없으니 차라리 다른 감각을 더욱 키우는게 나았다.

"아… 아! 아!"

입을 열어 외쳐도 들리지 않는 어둠 속에서 백아연은 혼란에 빠졌다.

소리가 들려오지 않자 괜스레 불안했다.

수많은 상상들이 꼬리에 꼬리를 물며 그녀의 머릿속을

휘저어 놓았다.

백아연은 눈을 질끈 감으며 발걸음을 급히 옮겼다.

발걸음을 옮기던 한소진은 끝없이 펼쳐진 어둠을 가만히 응시하며 걸었다.

그러다 점점 어둠이 밝아짐을 느꼈다.

"이…건?"

한소진은 곧 자신의 앞에 펼쳐지는 광경에 걸음을 멈추었다.

눈을 감고 발걸음을 옮기던 무연은 아주 작게 들려오는 쇠 부딪치는 소리에 눈을 떴다.

곧 자신의 눈앞에 날아드는 검을 보고 오른손을 들었다.

검은 무연의 손을 통과하고 곧 몸을 통과했다.

무연이 자신을 지나치고 날아간 검을 뒤돌아보았다.

그리고 자신이 서 있는 곳이 변했다는 걸 깨달았다.

붉은색의 무복을 입은 이들이 여기저기서 달려들었다.

검은 용이 그려져 있는 무복을 입은 몇몇 무인들이 검에 검기를 내뿜으며 날아들어 어떤 남자를 공격하기 시작했다.

남자는 홀로 서서 수많은 무인들과 싸웠다.

맨손이었지만 자신을 공격하는 이들의 무기를 빼앗으며 싸웠다.

어쩔 땐 검으로, 어쩔 땐 창으로, 어쩔 땐 도나 도끼를 빼앗았다.

빼앗은 무인을 죽이고 다른 무인들을 베어 넘겼다.

"이건……?"

무연은 이 광경이 낯설지 않음을 느꼈다.

현재 무연이 서 있는 곳은 20년 전 단신으로 혈교를 상대로 전투를 벌였던 곳이다.

무연이 고개를 들어 앞을 바라보았다.

붉은 안광을 번뜩이며 두 손에 붉은 강기를 감싼 이가 무연을 향해 다가왔다.

그는 비릿한 미소를 지으며 웃으며 말했다.

"오늘 난……!"

그는 두 팔을 교차시켰다.

교차된 팔에선 붉은 강기가 타오르듯 부풀어 올랐다.

"신이 되겠다!"

어느새 무연의 무복은 찢어져 있었다.

온몸은 상처투성이가 되었다.

무연의 앞에 선 남자의 옆으로 수많은 혈교 무인들이 모여들었다.

곧 무연은 수많은 적들에게 둘러싸였다.

누구라도 절망할 상황.

그러나 그들을 보는 무연의 입꼬리가 말려올라갔다.

"기문진으로 만들어낸 환상치고는……."

무연의 두팔이 떨려왔다.

곧 대기가 울렁거렸다.

무연이 서 있는 바닥에 금이 가기 시작했다.

"공격해!"

붉은 강기를 손에 두른 남자가 외쳤다.

그의 외침과 함께 수많음 무인들이 하늘을 가득 메우며 무연에게 달려들었다.

한걸음.

수십명의 무인이 날아오던 속도보다 빠르게 뒤로 튕겨져 날아갔다.

두걸음.

남은 무인들이 무연에게 달려들었지만, 두번을 손짓하자 바닥에 머리를 처박았다.

세걸음.

붉은 강기를 두른 남자가 무연에게 달려들었다.

무시무시한 기세로 달려들던 무인은 허무하리만큼 자신의 목적을 달성하지 못했다.

목을 잡힌 남자가 무연의 손에서 버둥거렸다.

공포에 질린 얼굴, 과거 그 모습 그대로였다.

무연은 손을 앞으로 당겼다.

끌려온 남자가 무연과 얼굴을 마주하게 되었다.

그의 공포에 질린 얼굴이 더욱 크게 보였다.

그의 두눈동자에 싸늘한 무연의 두눈과 얼굴이 비춰졌

다.

우드득—

남자의 신형이 축 늘어졌다.

무연은 점점 흐릿해지는 환상들을 무시한 채 발을 옮겼다. 그의 두눈엔 살기가 가득했다.

"꽤나 공들인 장난인 것 같지만, 안타깝게도 재미는 없군."

* * *

부드득—

한소진의 두팔이 꽈악 쥐어졌다.

그녀의 눈앞에 한 여인의 신형이 좌우로 흔들렸다.

삐걱—삐걱—

목을 맨 여인의 몸이 좌에서 우로, 우에서 좌로 흔들렸다.

한소진이 허리춤에서 검을 뽑으려 했다.

그러나 그녀의 허리춤에는 아무것도 없었다.

한소진은 자신의 손을 바라보았다.

굳은살이 전혀 없는 하얗고 조그마한 손이었다.

그녀는 여인의 목을 죄는 줄을 잘라내려 했지만, 그 작은 몸으론 어림없었다.

그녀는 자리에 주저앉았다.

그때 그녀의 등 뒤로 수많은 남자들이 방으로 들어왔다.

그들은 죽은 여인을 보며 말했다.

"이런 씨팔! 죽어버렸잖아!"

"단명우의 아내가 절정에 이른 미모를 가졌다 해서 기대했건만… 죽어버렸군 그래!"

남자들은 들어와 저마다 여인을 욕보였다.

그들은 여인의 죽음을 슬퍼하지 않았다.

그저 과부가 된 여인을 건들지 못한 아쉬움만이 가득했다.

여인을 보며 아쉬워하던 시선들이 점차 아래로 내려왔다.

그들의 시선이 한소진에게로 향했다.

한소진은 몸이 부들부들 떨렸다.

두려움이 아니었다.

또한 수치심도 아니었다.

그것은 바로 분노였다.

하지만 어린 여아의 몸인 그녀가 자신을 향해 다가오는 남자들의 손길을 막을 방법은 없었다.

그러나 도망치지도 않았다.

증오 어린 눈으로 그들의 얼굴을 바라보았다.

욕망으로 일그러진 그들의 얼굴을 하나하나 눈을 부릅뜨고 살폈다.

"너희를 내 반드시… 죽여버릴 테다……."

그녀 역시 깨달았다.

이 상황은 그녀가 과거에 겪은 일들이란 걸…….

자신이 가진 가장 슬프고 괴로운 기억이란 걸.

남자들의 손길이 그녀의 온몸에 스며들기 시작했다.

그녀는 눈을 감지 않았다.

괴로워하는 걸 티내지 않았다.

나약했던 과거의 자신을 떠올리지 않으려 더욱 안간힘을 쓰며 버텼다.

왼쪽 눈에 사슬 모양의 문신이 새겨진 남자가 몸을 낮췄다.

그녀의 얼굴에 자신의 얼굴을 가져다 댔다.

"넌 엄마를 닮아 미인이 될 거란다."

욕망에 찌든 그의 목소리가 그녀의 귓가에 스며들었다.

남자의 얼굴이 점점 더 가까워졌다.

"꺼져."

한소진이 그 남자를 향해 침을 뱉었다.

버둥대며 남자들의 손길을 뿌리쳤다.

자유의 몸이 된 그녀는 가장 가까이 있던 남자의 허리춤에서 검을 빼앗았다.

검을 쥔 그녀는 더 이상 어린아이가 아니었다.

무인이었다.

검을 쥔 검사였다.

그녀가 쥔 검신의 끝이 싸늘한 빛을 내며 남자들을 향했

62

다.

"내가 돌아가는 날⋯⋯."

그녀의 검이 반원을 그리며 남자들의 목을 베어냈다.

남자들의 목이 잘려나가며 피가 분수처럼 피어올라 방안을 핏빛으로 물들였다.

다시 주위가 어두워지자 한소진이 지체 없이 앞을 향해 걸었다.

*   *   *

"마⋯ 말도 아⋯ 아⋯⋯."

백아연이 뒤로 물러섰다.

그러나 눈앞의 광경은 전혀 멀어질 생각을 하지 않았다.

오히려 더욱 가까이 백아연에게 다가왔다.

백아연이 급히 눈을 질끈 감으려 했지만 몸이 말을 듣지 않았다.

오히려 두눈을 부릅뜨고 앞을 바라보게 되었다.

남자가 여자에게 검을 겨눈 채 다가갔다.

"아⋯ 안 돼! 안 돼!"

백아연이 외쳤지만, 목소리가 나오지 않았다.

남자가 점점 여자에게 가까워져 갔다.

백아연이 두팔을 펼쳤다.

그러나 그녀의 두팔에서 나와야 할 은사가 나오질 않았

다.

백아연이 놀라 바라보니 두팔이 작아져 있었다.

아기 같은 손.

솜털이 보송보송 자라 있는 아이의 손이었다.

그녀가 자신의 몸을 내려다보자 어느새 바닥과 얼굴이 가까워져 있었다.

아이가 되어버린 그녀.

그 시절, 힘없고 나약했던 때로 돌아간 그녀는 절망적인 얼굴로 앞을 봤다.

그녀가 가장 떠올리기 싫은 기억.

아주 먼 저편으로 보냈던 기억들이 슬금슬금 그녀의 숨통을 옥죄었다.

그녀는 고개를 돌리지도, 눈을 감지 못한 채 여인을 찌르는 남자의 모습을 지켜봐야만 했다.

비명조차 나오지 않았다.

오히려 느껴지는 허탈함에 자리에 주저앉았다.

남자가 그녀에게 다가왔다.

백아연은 머리가 멍해지기 시작했다.

더 이상 정신을 차리는게 두려웠다.

더 이상 보기 싫었고, 다시 겪기는 더욱 싫었다.

남자가 점점 가까워진다.

백아연의 눈이 몽롱하게 변해갔다.

"아······."

백아연의 정신이 아득한 저편으로 사라지려 할 때쯤, 거칠게 누군가가 손목을 잡았다.

번뜩!

백아연이 정신을 차리자 어느새 주위는 어둠으로 가득차 있었다.

"정신 차려라."

익숙한 목소리.

백건이었다.

"오… 오라버니."

"따라와라."

백건은 백아연의 손목을 잡고 앞으로 나아갔다.

백건의 도움으로 빛이 나는 출구를 향해 걷자 어느새 밖이 보였다.

환한 등불로 가득 찬 거대한 동이 눈앞에 펼쳐졌다.

"아……."

동을 빠져나온 백아연은 자신 외에 무연, 한소진, 백하언, 우윤섭, 이범, 장혁과 장현 쌍둥들이 나와 있는 것을 보았다.

아직도 몸을 부들대는 백아연을 보며 백건이 말했다.

"너도 뭘 본 것이냐?"

"그럼 오라버니도……?"

"그래. 아무래도 환상을 보여주는 기문진이 설치되어 있던 모양이다."

"아아… 그래서……."

"왔어?"

들려오는 백하언의 목소리에 백건이 백아연의 손목을 놔주었다.

백하언이 그들에게 다가오자 백건이 백아연에게서 멀어졌다.

백아연은 손목에 남아 있는 백건의 온기를 느끼며 멀어지는 이복 오라버니의 뒤를 바라보았다.

그녀가 아는 백건이라면 자신이 탈락하든, 안 하든 신경 쓰지 않을 거라 생각했는데, 오히려 백아연을 위험에서 구해주었다.

백아연은 그런 백건의 행동이 이해되지 않았다.

멀어져가는 백건의 뒤를 보며 백아연이 손목을 매만졌다.

아직 온기가 남아 있는 듯 따뜻했다.

"음… 남은 것은 이들뿐인가?"

익숙한 목소리.

무인들이 소리가 난 곳을 향해 고개를 돌리자 그곳에는 제갈윤이 서 있었다.

제갈윤은 남은 무인들을 보며 말했다.

"세번째 시험을 통과한 것을 진심을 축하합니다. 힘드셨을 텐데… 용감하게 백야환로(百揶幻路)를 넘어주셨군요!"

무인들의 표정이 썩 좋지 않았다.

이를 느낀 것인지 제갈윤이 급히 입을 열었다.

"물론 백야환로(百揶幻路)를 겪고 오셔서 기분이 좋지 않은건 알고 있습니다. 그러나 여러분이 여태까지 겪어오신 지(知)의 시험의 목적은 바로 '아는 것'이었습니다."

부채를 펼친 뒤 살랑살랑 깃을 흔들며 바람을 쐬던 제갈윤은 무인들을 돌아보며 말했다.

"독, 기관, 기문진 등등. 여러분은 수많은 상황과 선택에 놓이게 될 겁니다. 독에 감염되면 중독된 독이 어떤 독인지, 해독제는 어떻게 만드는지를 알아야 합니다. 아무도 모르게 설치된 기관에 대해 알아야 하며, 기문진 같은 전혀 알 수 없는 환각에 사로잡혀도 이를 극복할 줄 알아야 하죠. 여러분은 그 모든 시련들을 겪으며 참고 견디고 이겨내온 그야말로 정예 중의 정예이십니다."

돌연 박수를 친 제갈윤이 무인들을 보며 미소지었다.

"여러분은 지(知)의 시험을 통과하셨습니다."

숙소로 복귀한 이범과 백건, 장혁과 장현, 우윤섭은 쓰러지듯 자리에 주저앉았다.

힘든 내색을 하지 않던 이범과 백건도 많이 힘든 듯 숨을 길게 내쉬었다.

상황은 여자 무인 숙소도 마찬가지였다.

200여명의 무인들 중 얼마 되지 않은 여무인이었던 한소

진과 백아연, 백하언은 계속되는 시련 속에서도 살아남았
다.

"힘드네요……."

백아연이 자리에 주저앉으며 말했다.

평소 같으면 백아연의 말에 토를 달거나 무시했을 것이
다.

그런데 백하언은 백아연의 말에 동의하며 고개를 끄덕였
다.

그녀 역시 힘들긴 마찬가지였기 때문이다.

자리에 앉아 조용히 허리춤의 검을 만지던 한소진은 검
의 손잡이를 잡고 살짝 들어올렸다.

낡은 철검에 한소진의 얼굴이 반사되어 비쳤다.

잠시 자신을 보던 한소진이 검을 집어넣었다.

그리곤 두눈을 감았다.

지(知)의 시험을 응시한 자는 총 26명.

그중 통과한 이는 무연을 포함한 9명뿐이었다.

연무동에서 어둠이 아닌 빛이 보이는 출구를 택한 이들
은 탈락했다고 한다.

알고 보니 빛이 가득한 출구는 출구가 벽으로 막힌 곳이
었다.

다시 되돌아가려 할 때쯤엔 이미 천장이 모두 내려앉은
뒤라 빠져나가지 못했다고 하였다.

무연일행과 같이 백야환로를 겪은 이들 중 백야환로를

이겨내지 못한 이들 역시 탈락했다고 전해졌다.

지의 시험을 통과한 이들은 모두 쓰러지듯 숙소에 도착했다.

씻지도 못한 채 무연을 제외한 모두가 잠에 빠져들었다.

유일하게 잠에서 들지 않고 깨어 있던 무연은 두손을 내려다보았다.

비록 백야환로의 환각이었지만 그 느낌은 생생했다.

20년 전.

하지만 무연에게는 얼마 지나지 않은 듯한 혈교와의 싸움.

무연이 씁쓸히 미소지었다.

다음 날 아침이 밝았다.

9명의 무인들은 또다시 중앙연무장으로 모였다.

이제 충(忠)의 시험만 남았기 때문이다.

첫날 만났던 천소단주 철도경 이겸이 중앙연무장에 나타났다.

9명의 무인들은 여태껏 그래왔듯이 충의 시험을 준비했다.

신과 지의 시험이 범상치 않았던 것처럼 원래의 시험인 심(心)에서 바뀐 충의 시험도 만만치 않으리라 생각했다.

"모두들 이 힘든 길을 잘 버티고 이겨내주었다."

이겸이 말을 마치며 뒤를 향해 손짓을 했다.

무림맹의 맹원들이 붓과 먹 그리고 몇 개의 양피지를 들고 나타났다.

양피지는 9명의 무인에게 전달되었다.

그 속에 담긴 내용은 일종의 서약서였다.

"그곳에는 무림맹에 대한 충성서약이 적혀 있다. 이를 잘 읽어보고 서명을 하거라."

무인들이 각자 자신의 앞에 놓인 서약서를 읽기 시작했다.

내용은 간단했다.

무림맹의 일원이 되어 천소단원이 되면 해선 안 될 짓, 하게 될 것에 대해 쓰여 있었다.

그리고 이를 어길 시에 행해지는 처벌에 대한 동의서였다.

"다 읽었으면 서약서에 서명을 할 자는 서명을 하면 되고, 서약에 따르지 못할 자는 뒤를 돌아 맹을 떠나면 된다."

그의 말에 무인들이 멈칫하며 서약서를 바라보았다.

이제껏 힘들게 이겨낸 모든 시험들이 이 서약서 한장에 물거품이 될 수 있다는 말이었다.

가장 먼저 서명한 이는 이범이었다.

그는 거침없이 서약서에 서명을 하였다.

한치의 망설임도 없었다.

뒤이어 우윤섭이 서명을 했다.

쌍동 무인 장혁과 장현도 서명을 했다.

그리고 무연이 서명을 하였다.

그 뒤로 백아연, 백건, 백하언이 서명을 했다.

모두들 애초에 천소단원이 되기 위해서 온 이들이다.

이 서약에 나온 맹세에 대한건 이미 각오하고 있었다.

마지막으로 남은 한소진은 한참동안 서약서를 바라보다 서명했다.

"자. 그럼, 모두들 동의한 것인가?"

이겸의 말에 모두의 고개가 끄덕여졌다.

이겸은 흡족한 듯 서약서를 걷으며 말했다.

"그럼. 모두들 천소단원이 된 걸 축하하네!"

이겸의 외침에 무인들이 멀뚱히 바라보았다.

'설마, 이것이 충(忠)의 시험이었나'하는 표정들이었다.

그 표정들을 읽었는지 이겸이 웃으며 말했다.

"다들 얼빠진 표정이로군! 그래. 이것이 충(忠)의 시험이네. 뭐 거창한 것을 기대했나 본데, 그냥 뭐 형식적인 거라네… 그럼 입단식은 내일 할 터이니 오늘은 다들 일찍 숙소에 들어가 쉬도록 하게나. 입단식을 위해 몸도 좀 씻고 말이네. 그럼 내일 보세나!"

자기 할 말만 길게 늘어놓은 이겸이 몸을 휙— 돌려 사라졌다.

중앙연무장에 남은 무인들은 그야말로 얼빠진 표정으로 이겸이 사라진 곳을 보았다.

그러나 그것도 잠시, 천소단원이 되었다는 사실에 우윤

섭이 감격한 듯 눈물을 흘렸다.

"흑흑… 드… 드디어!"

기뻐한 것은 장혁과 장현도 마찬가지였다.

쌍둥이인 그들은 서로를 부둥켜안으며 기뻐했다.

나머지 무인들도 싫진 않은지 표정이 밝았다.

숙소에 돌아온 그들은 몸을 씻고 입단식에 입고 갈 옷을 준비했다.

계속되는 시험으로 매일 정신없는 하루를 보냈다.

이제 여유를 갖게 된 그들은 그제야 휴식다운 휴식을 취할 수 있었다.

밤이 깊어 갔다.

충분한 휴식을 취한 무인들은 저마다 잠자리에 들었다.

"무 소협."

무연은 자신을 부르는 소리에 고개를 돌렸다.

그곳에는 우윤섭이 서서 무연을 바라보고 있었다.

"고맙소."

"뭐가 말이오?"

"마지막에 무 소협이 나를 데리고 나와준 것이 아니오?"

우윤섭의 말대로였다.

출구를 향해 빠져나오던 무연은 얼떨결에 자신의 뒤에서 주저앉아 있는 우윤섭을 발견했다.

어두워서 누군지는 제대로 보지 못했지만, 잔뜩 겁에 질린 듯 주저앉아 있는 이를 그냥 두고 가는 것이 마음에 걸

려 데리고 나왔다.

데리고 나와보니 그가 바로 우윤섭이었다.

"만약… 무 소협이 아니었다면… 나는 천소단원이 되지 못했을 것이오. 다시 한번 감사드리오."

자리에 앉아 인사하는 우윤섭을 보며 무연이 고개를 저었다.

"그곳까지 시험을 이겨낸 것도, 그곳에 있던 것도 다 당신의 덕이니 고마워할 것 없소."

"아니오. 고맙소."

강경한 우윤섭에 태도에 무연은 고개를 끄덕였다.

"이만 자도 되겠소?"

"아아… 미안하오."

무연의 말에 우윤섭이 미안해하며 자신의 자리로 돌아갔다.

무연은 눈을 감았다.

우윤섭을 도운 것에는 아무런 의도가 없었다.

그건 길가의 돌을 아무 생각 없이 발로 치워낸 것 정도의 일이었다.

그러니 우윤섭의 고마움은 무연에게 너무도 어색했다.

시간이 지나 어두워진 밤.

여자 무인들이 묵는 숙소에서 한명의 신형이 유려한 몸짓으로 빠져나갔다.

그리고 얼마의 시간이 지난 후.

댕댕댕—!

종소리가 숙소에 울렸다.

비상시에 울리는 종소리였다.

단잠에 빠져 있던 무인들의 눈이 떠졌다.

그들은 아무 말도 하지 않았지만, 약속이라도 한듯 저마다의 병장기를 챙기며 일어섰다.

잠에서 일어난 무인들은 뭔가에 홀린 듯 중앙연무장으로 모였다.

"백아연은……?"

"음…? 그러고 보니 숙소에서부터 못 본 것 같은데……?"

백하언을 바라보는 백건의 얼굴이 천천히 굳어졌다.

* * *

모든 시험을 통과해 입단식에 참가하게 될 무인의 수는 9명이었다.

하지만 중앙연무장에 모인 이들은 8명뿐이었다.

한명의 공석은 쉽게 눈에 띄었다.

단 세명밖에 없던 여무인들 중 한명이 사라진 것이다.

백아연.

아름다운 외모를 지닌 그녀가 사라졌다.

남은 8명의 무인들은 서로 말을 나누지는 않았지만, 직

감하고 있었다.

8명의 침묵이 계속되고 있을 때, 익숙한 얼굴이 침통한 표정을 지은 채 나타났다.

"오늘 불미스러운 일이 발생했다. …지하연무동에 존재하는 비급들을 모아둔 비동에 침입자가 나타났다."

도원의 말에 모두의 눈이 커졌다.

그 말을 들은 백건의 손이 살짝 떨려왔다.

"범인은… 너희도 예상했다시피 천소단원의 입단시험을 치른 백아연이라는 무인이다. 그녀는 충의 시험이 끝난 밤, 아무도 모르게 비동에 접근해 비급을 훔치려 했다. 하지만 우연히 그곳을 지나던 제갈 군사에게 발각되어 바로 잡혔다고 한다."

제갈 군사는 제갈윤을 뜻하는 말이었다.

백아연의 이름을 듣는 순간 무인들 모두 놀란 듯 도원을 바라보았다.

대개 믿을 수 없다는 표정을 지었다.

순수함과 영민함 그리고 사람들을 배려하는 모습으로 남모를 사랑을 받고 있던 백아연이다.

그런 그녀가 그런 짓을 저질렀다는 사실이 믿기지 않아서였다.

"범인인 백아연은 모든 혐의를 인정한 상태다. 하지만 배후에 대해서는 말이 없더군. 이에 무림맹에서는 이 같은 일이 또 일어나지 않게 하기 위해 백아연을 수감이 아닌……."

도원이 잠시 말을 흐렸다.

그로써도 쉽게 말할 만한 것이 아니었다.

그 역시 백아연을 눈에 두던 자였다.

이 같은 형벌을 내리는 것이 도원으로서도 내키지 않았던 것이다.

"참수형에 처하기로 했다."

"차… 참수라니……!"

우윤섭이 놀라 말했다.

무림맹에서 참수형을 내리는 것은 매우 이례적인 일이다.

무림의 공적이나 수많은 사람을 해친 자에게나 내릴 만한 형벌이었다.

단순히 비급을 도둑질하려던 자에게 내릴 형벌이라 하기엔 과한 감이 있었다.

"정말… 백아연이었습니까?"

백건이 살짝 떨리는 목소리로 물었다.

그 말에 도원이 고개를 끄덕였다.

"그래… 백월문과 무림맹의 오랜 절교를 끝낸 직후에 이런 일이 발생하다니… 안타깝게 되었구나……."

도원은 정말로 안타까운지 입술을 깨물며 말했다.

모두가 착잡한 표정을 짓고 있을 때, 의외로 무연은 덤덤했다.

한소진은 가장 걱정하고 놀랐을 거라 생각한 무연이 너무도 침착하고 덤덤하자 의외라는 듯 그를 쳐다보았다.

"무 소협은 괜찮은 것이오?"

한소진과 같은 생각을 했는지 우윤섭이 담담한 무연을 보며 물었다.

무연은 대답하지 않았다.

그저 도원을 바라보고 있었을 뿐.

"참수형은… 날이 밝는 대로 이루어질 것이다. 그럼 모두 들어가 쉬도록 하거라. 불미스러운 일 때문에 정신이 없겠지만… 그리고 입단식은 내일이 아니라 모레로 연기되었다. 형벌에 대한 집행식 때문이다. 그럼 쉬어라."

참담한 표정으로 도원이 몸을 돌려 돌아갔다.

도원이 떠나고 남은 8명의 무인들은 말없이 그 자리에 서 있었다.

너무도 갑작스러운 일이었고, 충격적인 일이기도 했다.

"백 소저가… 그런 짓을……."

우윤섭은 믿기지가 않았다.

이곳에 그 누구보다도 순수해 보였던 여인이 바로 백아연이었다.

그런데 그녀가 무림맹의 비급을 훔치려 했다니 놀랄 수밖에 없었다.

이는 이범도 마찬가지인지 충격받은 얼굴이었다.

"어떻게 할 거야?"

백하언이 백건의 팔을 툭 치며 물었다.

백건은 말이 없었다.

말없는 그의 손가락이 미세하게 떨리고 있음을 본 백하언이 놀란 듯 그를 바라보았다.

백건의 손가락이 미세하게 떨린다는 것은 그가 매우 분노했다는 뜻이란 걸 어릴 적부터 같이 자라온 백하언이 모를 리가 없었다.

'백 오라버니가… 분노하고 있잖아……?'

"이대로 백아연이 참수당한다면 백월문은 무림맹과의 교류는커녕 발도 딛지 못하게 될 거다."

"어떻게 하려고……."

"참수를 막아야지."

"하지만 백아연은 죄를 지었어!"

"넌!"

백건의 고개가 휙— 돌아가며 백하언을 노려보았다.

백하언은 마주한 백건의 눈동자가 싸늘하게 식어 있음을 느꼈다.

그리고 동시에 두려움이 느껴졌다.

"백아연이 그런 짓을 할 애라고 생각해?"

백하언이 입을 다물었다.

평소 배다른 동생인 백아연을 탐탁지 않게 생각했지만, 백건의 말을 부정할 수 없었다.

그녀가 아는 백아연은 그런 짓을 할 여인이 아니었다.

"그리고 이건 백아연의 목숨 하나로 끝날 문제가 아니야. 사문의 명예가 달린 일이다."

사문의 명예라는 말에 백하언이 마른침을 삼켰다.

그 말 그대로 백아연이 무림맹에서 참수당한다면, 백월문의 명예는 땅으로 곤두박질칠 게 뻔했다.

사문의 기세 역시 하락세를 보이는 시점에서 사문의 무인이… 그것도 문주의 딸이 무림맹의 큰 죄를 짓고 참수를 당한다면, 그건 백월문의 돌이킬 수 없는 치욕이 될 것이다.

"어쩔 셈이야?"

"구해야지."

"구한다고?! 백아연이 잡혀 있는 곳은 무림맹에서도 가장 철저한 경계가 이루어지는 지하감옥이야! 단신으로 백아연을 구하는 것은 무리야. 게다가 백아연을 구한다고 그녀의 죄가 사라지는 것도 아니잖아. 구해도 걘 범죄자야!"

"최소한 맹에서 참수를 당하는 것은 막아야 해. 그리고 백아연이 정말로 그런 짓을 했는지, 아닌지는 지하감옥에서 구해내면 알겠지."

백건의 말에 백하언이 입을 다물었다.

어찌되었든 백건은 백아연을 구할 생각이었다.

그의 단호한 말에 백하언도 더는 말리지 못하고 고개를 끄덕였다.

말을 마친 백건은 조용히 무연을 향해 고개를 돌렸다.

단신으로 백아연을 구하는 건 무리였다.

무연의 힘이 필요했다.

그때, 무연이 몸을 돌려 발걸음을 옮겼다.

모두의 얼굴에 실망감이 물들었다.

그의 뒷모습은 참수형에 처한 백아연을 버리고 도망가는 도망자처럼 보였다.

"가자. 날이 밝는 데까지는 두 시진밖에 안 남았어."

그러나 곧 들려오는 무연의 말에 백건이 몸을 움직였다.

백하언 역시 백건과 함께 무연의 뒤를 쫓았다.

그 뒤를 이범이 따라붙었다.

"어떻게 할래?"

장혁이 장현을 보며 물었다.

장현이 한숨을 내쉬며 말했다.

"휴… 가야지."

장혁과 장현도 그들의 뒤를 따라갔다.

모두가 떠나고 남은 이는 한소진과 우윤섭이었다.

우윤섭은 몸을 떨며 고민했다.

따라가고 싶었으나 겁이 났다.

백아연이 죄가 있든, 없든 지하감옥으로 백아연을 구하러 가는 순간 천소단원의 입단은 물 건너가는 셈이었다.

우윤섭은 쉽사리 발을 떼지 못했다.

그때, 항상 조용하고 무뚝뚝하던 한소진이 그들을 따라

발걸음을 옮겼다.

우윤섭이 그런 한소진을 향해 말했다.

"소저도 갈 생각입니까?"

한소진은 고개를 돌리지도, 입을 열지도 않았다.

그저 작게 고개를 끄덕인 뒤 모두가 떠난 곳을 향해 걸어갔다.

한소진마저 떠나고 홀로 남은 우윤섭은 한숨을 쉬며 고개를 떨구었다.

* * *

다행히 지하감옥을 찾는 것은 어렵지 않았다.

지하감옥은 맹의 중심부에 위치해 있는 데다 지하연무동과도 그다지 멀지 않은 곳에 있었다.

게다가 무인들이 기거하던 곳도 맹의 중심부였기에 찾는데 그리 오랜 시간이 걸리지 않았다.

도착한 지하감옥의 경계는 예상보다 살벌했다.

최소 6명의 문지기가 교대했기에 도저히 입구가 비어 있는 시간이 나지 않았다.

문지기 외에도 순찰을 도는 경비무인들이 수시로 지하감옥의 입구를 서성였다.

"정면으로 돌파하면 구하기는커녕 우리도 잡힐 거야."

이범이 수많은 수의 경비를 보며 말했다.

그의 말에 백건이 고개를 끄덕이며 말했다.

"우회를 해야 하는데…….."

"무리일 거다."

무리라는 말에 백건과 이범이 무연을 바라보았다.

"지하감옥은 입구와 출구가 하나다. 탈옥자가 쉽게 지하감옥을 빠져나가지 못하게 하기 위함이지."

"그럼 어떻게 해야 하지?"

백건이 묻자 무연이 고개를 돌려 백하언을 보았다.

백하언은 갑작스러운 무연의 뜨거운 시선에 얼굴을 붉히며 더듬거리며 말했다.

"뭐… 뭐야… 날 왜 쳐다봐?"

백하언이 더듬거리자 무연이 무덤덤하게 말했다.

"옷 안에 뭘 입고 있나?"

"뭐… 뭐어?"

백하언이 놀라 눈을 동그랗게 뜨며 양팔을 교차해 가슴 부위를 감쌌다.

분노와 황당함이 뒤섞인 목소리로 말했다.

"무슨 소리야! 뭘 입고 있냐니!"

"목소리 낮춰."

백건이 백하언의 입을 막았다.

이범이 백하언을 위아래로 훑으며 말했다.

"그렇군…….."

"뭐… 뭐가 그렇다는 거야……!"

이범마저 자신을 위아래로 훑으며 말하자 더욱 붉어진 얼굴로 백아연이 외쳤다.

이를 막아줄 줄 알았던 백건마저 백하언을 보더니 그녀의 두눈을 쳐다보며 입을 열었다.

"백하언. 네 도움이 필요하다."

"내, 내 도움……?"

잠입(潛入)

"지루해 죽겠군… 뭐 재미난 얘깃거리라도 없나?"

지하감옥의 입구를 지키고 서 있던 양명은 자신과 함께 입구를 지키는 표영을 보며 말했다.

표영은 눈을 비비며 말했다.

"재미있는 얘기라면… 그때 그 변방촌의 바람둥이 얘기를 해줄까?"

"으이그! 또 그 얘기인가? 무슨 재미있는 이야기라도 해 달라고 하면 항상 그 얘기군. 자네 지겹지도 않나?"

"재미있는 일이 있어야 재미있는 얘기를 해주지 않겠나! 맨날 이리 서서 입구나 지키는 처지에 무슨 재미있는 일이……."

자신의 문지기 신세를 한탄하던 표영이 급히 말을 멈추며 헛바람을 들이마셨다.

양명은 표영이 두눈을 부릅뜨고 정면을 응시하자 의아한 표정으로 보며 물었다.

"자네 혹시 어디 아픈 겐가?"

"저… 저, 저… 아, 앞에!"

표영이 말을 더듬으며 말했다.

양명이 그의 시선이 향한 곳을 바라보았다.

그곳에는 하얀 백색의 비단옷을 걸친 여인이 비틀거리며 양명과 표영을 향해 다가오고 있었다.

비단으로 짠 옷은 달빛을 받아 속이 살짝 비추었다.

전부 보이지 않고 언뜻 보이는 윤곽만 눈에 아른거렸다.

양명과 표영은 환상적인 그녀의 몸매에 넋을 잃고 말았다.

그리고 머리카락이 바람에 흩날리자 드러나는 그녀의 얼굴에 양명과 표영은 다시 한번 헛바람을 들이킬 수밖에 없었다.

미인, 아니 미인이라고 칭하기엔 그 단어가 너무도 하찮게 느껴졌다.

보석으로도 표현할 길이 없을 만큼 아름다운 얼굴에 양명과 표영은 멍하니 그녀를 바라보았다.

"서… 선… 선녀인가……."

"꾸… 꿈은 아니겠지?"

표영이 제 얼굴을 꼬집어봤다.

아릿한 고통에 눈을 질끈 감았다가 떴다.

그녀는 여전히 그들에게 다가오고 있었다.

지척으로 다가온 그녀가 불현듯 눈을 번뜩이며 그들을 바라보았다.

"어멋!"

놀란 그녀가 토끼 눈을 한 채 표영과 양명을 바라보며 말했다.

"내… 내가 왜 여기……?"

놀란 눈을 껌벅이며 순진하게 말하는 그녀의 모습에 표영이 침을 삼켰다.

"괜… 괜찮으십니까, 소저……?"

"아! 네… 제가 몽유병이 조금 있어서요… 분명 잠을 자고 있었는데… 이곳은…….."

"아아! 어디서 오신 길이십니까? 제가, 제가 모셔다드리겠습니다!"

양명이 여인에게 다가가며 말했다.

그러자 표영이 양명의 소맷자락을 와락 움켜쥐며 그를 뒤로 밀쳤다.

"아니! 제가 모셔다드리겠습니다. 제가 이곳 무림맹의 지리에 대해서는 빠삭하게 알고 있으니 안심하고 함께 가시죠!"

"이게 무슨 짓이야! 내가 먼저 모셔다드리겠다고 했는데!"

"흥! 소저는 네놈처럼 곰처럼 생긴 놈이 가까이 오면 싫어하신다고!"

"하! 개구리 같은 네놈의 얼굴이나 생각하시지!"

친한 벗 사이였던 그들이 서로를 헐뜯을 만큼 달빛에 비친 그녀의 모습은 매우 매혹적이었고, 유혹적이었다.

"조금… 춥네요."

여인이 가슴과 허리를 양손으로 감싸며 말했다.

그녀의 행동 덕분에 가슴이 더욱 돋보이자 두 문지기의 눈이 튀어나올 듯 커졌다.

"하지만… 두분은 이곳을 지켜야 하니… 다른 분에게 부탁드려야겠네요."

여인의 말이 끝나기가 무섭게 양명과 표영의 서로를 마주보았다.

여인에 의해 마음이 흔들렸다 해도, 그 둘은 오랫동안 알고 지낸 벗이었다.

"문지기는 하나만 있어도."

"문을 지킬 수 있지……."

"누가 감히 대무림맹의 지하감옥에 숨어들어올 생각을 하겠어."

"오랜만에 옳은 소릴 하는구먼. 자네."

둘의 허리가 돌아갔다.

 90

서로의 눈이 상대의 속을 꿰뚫어 보려는 듯 매섭게 눈동자를 들여다보았다.

"하압!"

"하아!"

둘의 허리가 동시에 돌아가며 번개같이 빠른 손놀림이 허공에 펼쳐졌다.

"휴우… 하지만… 저 때문에 자리를 비우셔도 되나요?"

"하하! 괜찮습니다! 어차피 반시진 후에 교대인 걸요. 하하!"

입이 귀에 걸릴 듯 찢어지며 호탕하게 웃은 양명은 눈을 흘깃거리며 옆에서 걷는 여인을 훔쳐보았다.

멀리서 보았을 때도 아찔했는데, 가까이 오니 여인의 몸에서 나는 체향과 더불어 달빛에 비쳐지는 아름다운 굴곡이 그의 정신을 아득하게 만들었다.

"아아… 한시진마다 교대를 하시나요?"

"네. 그런 셈이죠. 하하!"

"이 늦은 새벽에 무림맹의 정의를 위해 애쓰시다니…정말 대단하시네요!"

여인이 두 손을 맞잡으며 양명을 바라보았다.

양명의 얼굴이 붉게 변했다.

"아하하! 뭘 이런 걸로! 대무림맹의 무인이라면 당연한 거죠. 하하!"

"저… 대협… 부탁드릴 게 있어요."

갑자기 사뭇 진지해진 그녀의 태도에 양명이 인상을 굳히며 바라보았다.

그녀는 울먹거리는 얼굴로 그를 바라보았다.

그는 그녀의 근심과 슬픔이 가득한 얼굴을 바라본 순간 저도 모르게 가슴이 뜨거워졌다.

"무슨 부탁이요. 소저!"

그는 결의에 찬 표정으로 여인을 바라보았다.

"……."

작게 중얼거리는 목소리에 양명이 그녀의 입에 귀를 가까이 가져갔다.

"잘 안 들리오. 소저."

"……."

하지만 그녀의 목소리는 좀체 커지지 않았다.

답답해진 양명이 귀를 좀 더 그녀에게 가져다댔다.

순간 그녀의 입에서 싸늘한 목소리가 들려왔다.

"벗으라고."

"예?"

퍽!

소리와 함께 양명의 신형이 고꾸라졌다.

여인이 재빠르게 손날로 양명의 뒷목을 내려친 것이다.

방심하고 있었고, 내력이 담긴 일격이라 양명이 버티는 건 무리였다.

 92

"하! 죽는줄 알았네!"

여인, 백하언은 짜증이 나는 듯 인상을 쓰며 쓰러진 양명을 내려다보았다.

"하여간 사내놈들은… 쯧!"

양명이 쓰러진 걸 발견한 백건과 이범이 그녀에게 다가왔다.

"수고했다."

백건이 겉옷을 건네며 말했다.

"교대 시간까지는 앞으로 반시진 남았어. 교대 간격은 한시진인 것 같아."

"응. 고생했다."

"수고하셨소. 소저. 쉽지 않은 일이었을 텐데……."

이범의 칭찬에 백하언이 미소를 지었다.

마음에 두고 있던 사내가 칭찬해주니 백하언 입장에서도 나쁘지 않았다.

"그런데… 그… 험험……."

이범이 말을 더듬으며 백하언을 제대로 쳐다보지 못했다.

백하언은 자신이 내의 차림이란 걸 알아채고 급하게 겉옷을 입었다.

백하언의 얼굴이 살짝 붉어지자 이범이 헛기침을 하며 허공을 응시했다.

양명의 옷을 벗기고 이범이 그 옷을 받아 입었다.

문지기 무인들이 쓰고 있는 포(胞)라 하는 모자가 있었다.

이범이 포를 쓰고 천을 작게 잘라 복면을 만들어 썼다.

양명으로 위장한 이범이 준비가 되자 무연과 한소진이 움직였다.

"음? 자네 짝은 어디 가고 혼자 있는 겐가?"

우울한 표정으로 문을 지키는 표영을 발견한 순찰조가 물었다.

표영이 침울한 목소리로 입을 열었다.

"양명은 몽유병으로 길을 잃어버린 처자를 숙소로 데려다주러 갔다네……."

"아니, 문지기는 2인 1조인 거 모르나?!"

"그럼 어떻게 하나. 길 잃은 처자를 모른 척 두란 말인가? 게다가 누가 감히 대무림맹의 지하감옥을 침입하겠나? 우리는 그저 상징적으로 있는 거라네! 상징적으로!"

"허! 제갈 군사께서 아시면 경을 치실 일이야!"

"흥! 그 양반이 이쪽 일에 신경이나 쓰시겠나?"

"자네 마음대로 하게!"

순찰조가 표영을 향해 삿대질하다가 자기 갈 길을 갔다.

표영이 그 뒤를 바라보며 욕을 내뱉었다.

가뜩이나 손가락 싸움에서 지는 바람에 달밤에 나타난 묘령의 여인을 양명과 함께 보낸 것이 안타까웠다.

'혹시 이번 일을 계기로 여인과 양명이 잘되게 된다면?'

하는 생각이 머릿속을 맴돌자 표영이 얼굴을 찌푸렸다.

생각만 해도 배가 아픈 일이었다.

그때, 멀리서 두명의 인원이 그에게 다가오는 것이 보였다.

한명은 검은 머리를 허리까지 길렀다.

앞머리도 상당히 길러서 눈을 가리는 기괴한 머리를 한 상당한 키의 사내와 단발머리의 여인이었다.

"뉘시오?"

표영이 퉁명스럽게 묻자 사내가 말했다.

"맹의 감사단(監査團)에서 나왔소. 요즘 맹의 기강이 해이해졌다는 제갈공의 말씀 때문에 감사(監査)를 하러 나온 것이요."

감찰단이란 말에 표영의 두눈이 커졌다.

하필이면 양명이 아리따운 처자를 데려다주기 위해 자리를 뜬 상황에서 만난 감사단이라니, 최악의 상대였다.

그러나 이내 표영이 눈매를 좁히며 무연을 바라보았다.

감사단이라 하기엔 옷의 차림새나 생김새가 수상했기 때문이다.

"감사단이라면… 이를 나타내는 명패가 있을 텐데……."

표영의 말에 사내가 품속에서 금패를 꺼냈다.

달빛에서도 빛나는 황금빛을 띄는 금패에 표영의 눈이 커졌다.

용의 무늬가 새겨져 있는 금패.

표영이 믿을 수 없다는 듯한 표정으로 사내의 손에 들린 금패를 바라보았다.

그러자 사내가 표영을 향해 손짓했다.

"정 믿기 힘드시면 가까이 와서 보시오."

표영이 사내에게 다가갔다.

사내가 금패를 표영에게 건넸다.

그가 손에 들린 금패를 바라보았다.

빛나는 황금빛.

그러나 뭔가 이상했다.

"하지만 감사단은 은패를……."

고개를 든 표영은 자신의 앞으로 점점 커져오는 주먹에 두눈을 감았다.

쓰러진 표영의 품에서 열쇠를 꺼낸 무연과 한소진이 문을 따고 감옥 문을 열었다.

백건과 백하언 그리고 장혁과 장현이 그 뒤를 따라 들어갔다.

이범이 사라진 표영의 자리를 대신해 섰다.

"지하감옥에 연화동이란 곳이 있는데 그곳에 백 소저가 있다는데요?"

무연과 백건 등이 일을 꾸밀 동안 정보를 모아온 장현과 장혁이 그들과 함께 백아연이 있다는 연화동으로 향했다.

연화동으로 가는 길에는 문지기가 별로 없었다.

96

아니, 거의 없었다고 봐도 무방했다.

다른 감옥과는 달리 감옥을 지키는 경비무인들이 보이지 않자 무연이 고개를 좌우로 돌리며 상황을 살폈다.

어디에도 연화동으로 가는 길을 지키는 경비무인들은 보이지 않았다.

이를 확인한 무연의 눈이 빛을 냈다.

"쉿!"

백건이 앞에 서며 고개를 살짝 내밀어 연화동 내부를 살폈다.

연화동은 꽤 큰 원형의 공동이었다.

그 중심에 백아연이 있었다.

의자에 그녀의 팔과 다리가 묶여 있었다.

그 의자는 바닥에 고정된 듯했다.

고문을 받은 듯 백아연의 백색 의복이 여기저기 찢겨 있었다.

속살이 보일 정도로 찢겨져 있진 않았으나 매우 처량한 모습이었다.

백아연의 주변에는 네 명의 무인들이 창을 들고 보초를 서고 있었다.

그 외의 인물들은 보이지 않았다.

"보초가 넷 있고, 나머지는 보이지 않아."

뒤를 돌아보며 백건이 상황을 전했다.

백하언이 말했다.

"보초 넷을 쓰러뜨리고 백아연을 빼내자."

다소 무식해 보이는 방법이었지만, 백하언의 말도 틀리진 않았다.

현재 문지기의 교대 시간이 반시진밖에 남지 않았다.

밖에서 보초 행세를 하고 있는 이범의 정체가 언제 들통날지 몰랐다.

"할 수 없나… 그럼 나와 한 소저가 한명씩, 쌍둥이 한명, 무 소협과 하언이 한명을 맡아 상대하기로 하지."

백건의 말에 모두가 고개를 끄덕였다.

"그럼… 지금!"

여섯명의 신형이 재빠르게 중앙으로 달려나갔다. 그들을 발견한 보초가 외쳤다.

"웬 놈이냐!"

"침입자?!"

네명의 보초가 창을 겨누며 달려오는 무인들을 상대했다.

백건과 한소진이 검을 뽑으며 보초 한명씩을 맡았다.

장혁과 장현이 한명을, 무연과 백하언이 나머지 한명의 무인을 상대하며 네명 대 여섯명의 싸움이 시작되었다.

카─앙!

쇠붙이가 부딪치는 소리가 요란하게 들려왔다.

빛을 내며 유려히 움직이는 은백색의 검신은 자신을 찌

르고 들어오는 날카로운 창의 끝을 빗겨 쳐냈다.

백건이 뒤로 물러섰다.

최대한 빠른 시간 내에 보초를 제압하려 했지만, 쉽지 않았다.

"후읍! 후우!"

백건이 숨을 거칠게 내쉬며 주위를 살피었다.

한소진의 검이 빠른 속도로 보초무인의 창을 두들겼다.

하지만 창은 재빠른 속도로 원을 그리며 한소진의 검을 막아냈다.

한소진 역시 크게 밀리지는 않았지만, 그렇다하여 승기를 잡아가는 것도 아니었다.

나머지들도 상황은 매한가지였다.

검을 고쳐 쥔 백건이 입술을 깨물었다.

시간을 끌어봤자 좋아질게 없었다.

다행히도 보초무인들이 지원 병력을 부르고 있지는 않았지만, 언제 싸움소리를 들은 맹의 무인들이 그들을 제압하러 올지 몰랐다.

"하압!"

백건이 머리위로 검을 들어올렸다.

백월검법(白月劍法)의 다섯번째 초식 은화섬우(銀話閃雨)를 전개하기 위함이었다.

보초무인 역시 백건이 강한 초식을 쓰려는 걸 눈치챘는지 창을 등 뒤로 던지며 허리춤의 검을 꺼냈다.

보초의 검이 황금색으로 물들어가기 시작했다.

백건이 보초무인의 검을 보며 눈을 크게 떴다.

'황제검(皇帝劍)?!'

남궁세가의 독문 무공 중 하나인 황제검(皇帝劍)이었다.

무인의 허리가 크게 돌아갔다.

허리를 베어오며 그려지는 황금색 반원.

황제검(皇帝劍)의 세번째 초식 황룡반린(黃龍半躪)의 검이었다.

하지만 이미 전개된 은화섬우를 멈출 순 없었다.

백건은 그대로 은백색으로 빛나는 자신의 검을 내리치기 시작했다.

금빛의 검을 가진 보초무인의 허리도 돌아가며 백건의 은빛 검과 맞부딪쳤다.

콰—앙!

거대한 폭음과 함께 바닥의 흙먼지가 허공을 가득 메웠다.

모두의 시선이 폭음이 들려온 곳으로 향했다.

카—앙! 카앙!

연거푸 들려오는 쇠 마찰음과 함께 은백색의 빛을 뿌리는 검날이 흙먼지를 가르며 나타났다.

이에 반격하듯 금빛의 빛을 내는 검날이 똑같이 흙먼지를 가르며 나타났다.

콰앙!

다시 들려오는 폭음과 함께 흙먼지가 일순 흩어지며 백건과 보초무인의 모습이 드러났다.

백건의 은빛 검이 보초무인의 미간을 노리며 찔러갔다.

그러나 보초무인의 허리가 크게 꺾이며 검을 피해냈다.

피함과 동시에 보초무인의 허리가 돌아가며 오른쪽에서 왼쪽 위를 향해 검을 크게 베었다.

백건은 매서운 반격에 놀라며 왼발로 땅을 강하게 박찼다.

검집을 들어올려 보초무인의 검을 쳐냈다.

하지만 내력이 담긴 검기를 검집으로만 막아내는 건 역부족이었다.

백건의 검집이 요란한 파쇄음을 내며 터져나갔다.

백건은 급히 검을 틀어 보초무인의 검을 쳐냄과 동시에 옆으로 몸을 굴렀다.

"핫!"

보초무인의 검이 백건의 어깨를 향해 날아들었다.

땅을 구른 백건은 검신을 뒤틀어 땅에 박은 뒤 그대로 쳐올렸다.

그러자 검신에 의해 파인 흙이 허공에 떠오르며 빠른 속도로 보초무인의 안면을 향해 날아갔다.

"흡!"

보초무인이 소매를 휘저으며 흙을 떨쳐냈다.

그때, 보초무인의 소매를 찢으며 은백색의 검이 무인의

어깨를 노리고 들어왔다.

보초무인이 급히 상체를 숙였다.

완전히 피하진 못했는지 어깨에 붉은 선혈이 튀어올랐다.

"크윽!"

백건이 목구멍을 통해 흘러나오는 선혈을 간신히 집어삼키며 뒤로 몸을 튕겼다.

보초무인의 무릎이 백건의 복부를 쳐올렸다.

내력이 담긴 일격에 내상을 입은 것이다.

"이런!"

백건과 보초무인의 싸움을 지켜보던 또 다른 보초는 매섭게 목을 노리고 들어오는 검날에 인상을 쓰며 고개를 뒤로 젖혔다.

제압용이 아니었다.

만약 자신의 반응이 조금만 느렸어도 목이 달아났을 것이다.

"진심인가?"

보초가 매섭게 검을 날린 한소진을 보며 물었다.

한소진은 아무 말 없이 검을 고쳐 쥐었다.

보초의 자세도 사뭇 진지해졌다.

오랫동안 싸우지 못했지만 한소진의 실력이 절대 낮지 않다는 걸 보초는 느끼고 있었다.

"이름이 무엇이냐?"

보초의 질문에 한소진은 대답하지 않았다.

"내 이름은 담소운이다. 너희가 왜 이런 짓을 벌이는지 모르겠지만, 무림맹의 무인으로서 여인이라 해도 살초를 쓰는 이상 봐줄 순 없지."

담소운이 싸늘하게 말하며 창을 두고 검을 꺼내들었다.

그러자 담소운에게서 강력한 기운이 뿜어져나오기 시작했다.

한소진은 담소운을 보며 의아함을 느꼈다.

단순히 보초를 서는 무인이 가질 만한 기운이 아니었다.

기세로만 본다면 한 문파의 촉망받는 후기지수가 될 법한 기운이었다.

그 기세만큼이나 담소운의 검은 빨랐다.

"하압!"

담소운의 신형이 날아오르듯 뛰어오르더니 번개같이 한소진을 향해 검을 내리쳤다.

한소진은 유연하게 몸을 왼쪽으로 회전시킴과 동시에 낡은 철검을 위로 올려쳤다.

불똥이 튀어 오르며 담소운의 신형과 한소진의 신형이 교차되며 서로의 반대편으로 살짝 밀려났다.

하지만 밀려남과 동시에 한소진과 담소운이 빠르게 서로를 향해 달려들었다.

"몇 가지만 묻지."

무연이 자신과 대치하고 있던 보초무인을 향해 입을 열었다.

백건과 보초무인의 싸움. 그리고 담소운과 한소진의 싸움을 지켜보던 보초무인은 무연의 질문에 고개를 갸웃거리며 말했다.

"무엇이오?"

"무림맹의 보초들은 모두 이 정도의 실력을 갖추고 있나?"

그 질문에 보초무인이 입을 다문 채 무연을 바라보았다.

무연 역시 보초무인의 두눈을 응시하는 중이었다.

한동안 침묵을 지키던 보초무인이 입을 열었다.

"이곳은 무림 공적과 마교의 마두들을 잡아 모아둔 곳이오. 그러니 보초들이라 하여도 어쭙잖은 수준의 무예를 지닌 자들을 둘 리가 없지 않겠소?"

맞는 말이었다.

무림 공적이라 함은 무림에 큰 해를 끼친 자들 즉, 무림에서 자신의 힘으로 영향력을 끼치는 자들이라는 뜻이다.

무림 공적을 관리하는 그들의 수준이 결코 낮을 리가 없었다.

보초들 역시 그들이 빠져나오는 유사시의 상황에 대비하여야 했다.

보초들의 수준이 높은 것도 이해가 되었다.

"그렇군. 그런데 왜 아무도 오지 않는 거지?"

"오지 않다니……."

한발짝, 무연이 보초를 향해 움직였다.

무연의 움직임에 보초의 오른손이 왼편 허리춤에 걸려 있는 검의 손잡이로 향했다.

"이상하군. 보통 맹의 보초들은 창술을 배우는 걸로 알고 있는데 검이라니?"

다시 한발짝.

무연이 다가올 때마다 보초의 눈매가 날카롭게 좁혀졌다.

"게다가 어째서 연화동에 싸움이 일어났는데, 돕거나 지원을 부를 생각을 않는 거지?"

세번째 발걸음.

무연의 신형이 가깝다고 느껴지는 순간, 보초의 오른손이 재빠르게 움직이며 발검했다.

은색 빛을 뿜으며 검신이 검집을 벗어나 허공을 갈랐다.

반원을 그리며 무연을 향해 날아들던 검이 목을 향하는 순간,

"어?"

보초는 뭔가 잘못됨을 느꼈다.

허공에서 멈추어진 검이 움직이지 않았다.

물론 보초가 자의로 멈춘 것은 아니었다.

그때, 보초의 눈에 가느다란 은빛을 내는 실이 보였다.

'은사?!'

보초의 눈이 무연에게로 향했다.

무연이 그를 향해 미소를 보였다.

그리고 그는 어느새 자신의 바로 앞에 와 있었다.

'처음부터 이것을 노리고… 당했다……!'

무연과 백하언이 함께 있다는 걸 잊고 있던 보초는 자신의 실책에 크게 당황했다.

그것보다 무연이 모든 신경을 자신에게 집중시키도록 한 뒤, 뒤에서는 백하언이 보초를 노릴 수 있도록 한 것이 컸다.

어쨌든 실수는 실수였다.

보초가 급히 검을 회수하려 했지만, 거미줄에 묶인 파리처럼 은사에 사로잡혀 옴짝달싹할 수 없었다.

보초가 검을 회수하려 할 때 무연의 두팔이 움직였다.

'검을 포기한다!'

어차피 상대인 무연은 맨손.

자신은 검사였지만, 권각술에 자신이 없는 것도 아니었다.

검을 포기하기로 한 보초는 급히 손잡이를 놓으며 뒤로 물러섰다.

그러나 보초는 곧 그것이 무연이 노리던 바였음을 깨닫게 되었다.

뒤로 무르기가 무섭게 무연이 주인을 잃은 검의 손잡이를 잡고 은사에서 뽑아내며 보초에게 달려들었다.

급히 몸을 뒤로 날려 무연을 떨치려 했다.

하지만 뒤로 무르는 것보다 앞으로 달려오는 무연이 더욱 빨랐다.

"크윽!"

쏘아지듯 날아든 검이 보초의 목젖에 끝을 대고 멈추었다.

보초의 목에서 붉은 혈선이 흘러나왔다.

"자. 이제 대답해주겠나. 내 질문의 답을?"

한편, 백하언이 깊게 숨을 들이마신 뒤 내쉬었다.

그리고는 무연의 뒷모습을 보며 크게 인상을 썼다.

무슨 생각인지 보초에게 맨손으로 걸어갈 때부터 의아했던 백아연.

보초가 검에 손잡이를 가져가는 것을 보고 대경실색하며 급히 은사를 무연의 주변으로 펼쳤다.

지하 암동인 데다 횃불에 시야를 의존해야 하는 상황에서 은사를 발견하기는 어려웠다.

신경이 모두 무연쪽으로 쏠려 있어서 보초무인은 은사를 미처 발견하지 못했다.

그 덕분에 백하언이 펼친 은사는 보초의 검을 막고 묶어두는 것도 가능했다.

그때, 무연이 보초에게 달려드는 것을 보고 승기를 가져왔음을 느꼈다.

보초가 검을 두고 뒤로 물렀을 때 무연은 권사였기 때문에 엇비슷하게라도 싸울 수 있으리라 생각했다.

자신이 검을 내버려두고 은사를 이용해 무연을 도우면 보초무인을 제압할 수 있을 거라 판단했다.

하지만 무연이 자신의 은사에 묶인 검을 뽑아들고 보초에게 달려들었다.

은사에 전혀 힘을 풀고 있지 않았기에 검을 빼내는 것은 검기나 강기를 이용하지 않고서는 불가능했다.

그러나 무연은 오로지 힘만으로 검을 빼낸 것이다.

천응사(千凝蛇)의 비늘을 엮어 만든 은사에 상처가 날 정도였으니 그 힘이 얼마나 대단한지 알 수 있었다.

'권사라더니… 무슨 힘이……!'

새삼 힘에 놀란 백하언은 어느새 보초를 제압한 무연을 발견하고 다가갔다.

"어떻게 할래?"

"음… 우리도 싸워야 하나…….'

장혁과 장현은 고민에 빠졌다.

모든 무인들과 보초들이 싸움에 임했지만, 오로지 장혁과 장현 그리고 그 둘과 대치한 보초만 싸우지 않고 있었다.

오히려 셋 다 싸우기 싫은지 방관자의 입장으로 다른 이들의 싸움을 구경하는 중이었다.

"저… 안 싸워도 됩니까?"

참다못한 장현이 보초를 향해 물었다.

창을 어깨에 짊어지고 싸움을 구경하던 그가 장현의 말에 고개를 돌렸다.

"어…? 나?"

귀찮은 듯이 대답하는 보초의 모습에 기가 막힌 장혁이 말했다.

"아니, 무림맹의 보초 아닙니까? 다른 이들은 모두 침입자를 막으려 싸우는데 왜 댁은 가만히 있는 겁니까?"

"아아… 너희들은 싸울 생각이 없어 보여서. 저들은 저들끼리 싸우고, 뭐… 내가 할 일이 없어서 말이지…….."

"그래도 우릴 막아야 하는 것 아닙니까?"

"조금만 더 지켜보고. 누가 제일 강한지를 몰라서 말이야."

보초의 마지막 말에 입을 다물고 자신의 도에 손을 올린 장현은 장혁을 향해 작게 속삭였다.

"우리가 이자를 제압하고 백 소저를 구하자."

장현의 말에 장혁이 고개를 끄덕였다.

"지금 우리에게 신경을 안 쓰고 있으니… 저자를 빠르게 제압하면 가능할지도."

뜻을 모은 장혁과 장현이 좌우로 슬며시 걸음을 옮겼다.

그러나 그때까지도 보초는 흥미진진하게 다른 사람들의 싸움을 지켜보는 중이었다.

자신에게 다가오는 장혁과 장현에 대해서는 아무런 신경

도 쓰지 않았다.

"지금!"

장혁과 장현이 좌우에서 동시에 도를 뽑아내며 보초를 향해 달려들었다.

그들이 바로 뒤까지 달려들 때까지도 보초는 돌아보지 않았다.

순간, 장혁과 장현은 어쩌면 이러다 자신의 도에 보초가 베어죽을까봐 걱정되어 멈칫했다.

"이런… 기습을 할 땐 속도를 줄이며 안 되지."

마치 가르침을 내리는 스승처럼 장현의 행동을 지적한 보초무인의 고개가 뒤로 젖혀졌다.

"그럼 기습의 의미가 없잖아."

"크윽!"

"퀵!"

장혁과 장현이 신형이 동시에 뒤로 튕겨져 날아갔다.

보초는 어깨에 짊어지고 있던 창을 큰 원을 그리며 휘둘렀다.

장혁과 장현이 놀라 그 창을 막기 위해 도를 들었지만, 그 안에 담긴 거대한 기운을 미처 막아내지 못하고 뒤로 튕겨진 것이다.

"그래. 이제야 싸울 마음이 생겼나 보지?"

"크윽…….."

단 한번의 휘두름이었지만, 장혁은 자신과 장현의 힘으

로 이길 수 있는 자가 아니란 걸 깨달았다.

"쳇! 상대를 잘못 골랐네."

실력의 차가 상당했지만 장혁과 장현은 물러나지 않았다.

오히려 도를 치켜들어 어깨에 올리며 기운을 끌어올렸다.

그 모습에 창을 든 보초가 미소지었다.

"흐음… 역시 혈기왕성한 젊은이들답군!"

보초가 어깨에서 창을 내리며 바닥을 쓸었다.

거대한 바람이 보초의 주변에 모여들더니 폭사하듯 터져나갔다.

후웅!

거대한 바람이 장혁과 장현을 스쳐지나갔다.

창을 아래로 향하게 둔 보초가 하체와 상체를 숙이며 말했다.

"난 위지천이다. 잘 부탁해."

말하면서도 쾌활하게 미소지은 위지천을 보며 장혁과 장현이 도를 아래로 내리깔았다.

"나는 장혁."

"나는 장현이오."

똑같이 생긴 장혁과 장현은 좌우로 서며 도에 기운을 집중시켰다.

"잘 부탁하오."

장혁과 장현이 미소지으며 위지천을 바라보았다.

자신의 기세에도 전혀 주눅 들지 않은 장혁과 장현을 본 위지천이 재미있다는 듯 웃었다.

아주 간만에 호승심이 불타올랐다.

"좋아. 어울려 보자고."

창을 든 위지천과 도를 든 장혁과 장현의 신형이 서로를 향해 빠르게 달려들었다.

* * *

"연화동의 보초들과 무인들이 맞붙었다고 합니다."

"역시… 몇 명이나 왔는가?"

"일곱명입니다."

"흐음… 나머지 두명은?"

"이범과 우윤섭인데… 이범은 입구를 지키고 있고, 우윤섭은… 나타나지 않았다고 합니다.

무연에 관한 내용을 읽던 도원이 미소지으며 말했다.

"이 무연이라는 녀석… 도무지 알 수가 없구나."

"그 머리를 길게 기른 녀석 말입니까?"

도원의 보좌관으로 있는 주엽이 말했다.

도원은 나머지 무인들의 정보가 담긴 서책을 가져오며 말했다.

"그래. 모든 무인들에 대한 정보는 이곳에 담겨 있지. 어

112

느 사람이라도 정보를 모으다 보면 이 서책만큼의 분량이 생기기 나름이야. 그런데… 무연이라는 녀석은 정보가 없어."

단 두장.

그것이 무연에 관해 알아낸 정보의 전부였다.

"더 알아보겠습니다."

"아니야. 되었다. 아무리 찾아봐야 소득이 없을 것 같구나."

무연의 정보가 담긴 두장의 양피지를 서랍에 넣은 도원이 자리에서 일어섰다.

"이제 슬슬 출발하도록 하지. 더 지체했다간 무인들이 남아나질 않겠어."

도원과 주염이 급히 발걸음을 재촉했다.

*   *   *

"크윽……!"

반토막 나버린 도가 땅에 볼썽사납게 뒹굴었다.

그와 동시에 장혁의 무릎이 땅에 꿇어졌다.

장혁은 오른손으로 급히 땅을 짚었다.

하마터면 정신을 잃어버릴 뻔한 장혁은 겨우 부여잡으며 정면을 바라보았다.

장현이 도를 휘두르며 위지천을 압박했다.

빙긋 웃은 위지천은 창을 빙글 돌리며 장현의 도를 막아냈다.

"하압!"

허리를 뒤로 꺾으며 장현의 도가 수평으로 누웠다.

허리를 튕기며 앞으로 찔러가는 쌍아양도법(雙牙樣刀法)의 수외자(輪畏刺)란 수법이었다.

도법에서는 흔히 볼 수 없는 빠른 찌르기였다.

위지천은 기습적으로 찔러오는 장현의 찌르기에 탄성을 지르며 창끝을 올려쳤다.

뒤로 무릎과 동시에 올려치는 위지천의 수는 장현이 내지른 비장의 수보다 한수 빨랐다.

허무하게 창끝에 걸려 튕겨진 장현의 도.

그러나 장현은 실망하지 않았다.

위지천은 기습에 실패하고도 담담한 장현의 모습에 서늘함을 느꼈다.

동시에 앞으로 고개를 숙이며 허리를 비틀고 창을 왼편으로 회전시켰다.

까앙—!

"칫! 이걸 막아?!"

장혁의 반토막 난 도가 위지천의 창에 맞아 뒤로 튕겼다.

장혁이 입술을 깨물었다.

애초에 수외자는 허수였다.

장혁과 장현이 다루는 쌍아양도법은 두 사람이 펼치는

도법이다.

장혁과 장현이 서로 번갈아가며 펼쳤다.

장현이 수외자라는 허초로 위지천의 시선을 끌었을 때, 그 빈틈을 노리고 장혁이 공격하는 것이다.

반토막 나버린 도 때문에 길이가 부족하여 위지천에게 닿지 못한 것이다.

"하! 대단했어. 방금은!"

몸을 빙글 돌린 위지천이 오른발을 찌르듯 앞으로 내지르며 장혁의 복부를 찼다.

이미 위지천의 창에 도가 튕겨진 상태라 미처 막지 못한 장혁의 신형이 뒤로 날아갔다.

장현이 위지천을 베어 들어갔지만, 가볍게 피하며 창의 뒷부분으로 뒷목을 내리쳤다.

"크억!"

장혁과 장현의 신형이 동시에 바닥에 처박혔다.

둘의 몸에서 움직임이 없는 것을 확인한 위지천은 고개를 돌려 나머지 보초와 무인들의 싸움을 바라보았다.

"뭐야. 저 녀석. 설마 진 거야……?"

창을 어깨에 짊어진 위지천이 쓰러진 무인을 보며 말했다.

"무당파의 무인이라기에 기대했더니… 이거야 원. 후배들에게 깨지고 말이야."

투덜거림과 함께 위지천이 무연쪽으로 걸어가기 시작했

다.

보초를 향해 검을 겨누던 무연은 곧 자신에게 다가오는 이를 발견했다.

범상치 않은 기운을 가진 이의 존재감이 무연과 백하언을 엄습해왔다.

무연은 무심한 눈으로 다가오는 위지천을 바라보았다.

그는 약간 오만한 표정으로 창을 짊어진 채 다가오고 있었다.

그를 맡았던 장혁과 장현이 쓰러진 것으로 보아 실력이 만만치 않음을 느낄 수 있었다.

"저… 누구 오는데?"

백하언 역시 위지천을 발견하고 무연의 옆에 서며 말했다.

무연은 말없이 고개를 끄덕이며 앞으로 나섰다.

풍기는 기세나 모습으로 봐서는 보통 실력이 아니었다.

"뒤로 물러서."

"뭐? 하지만……."

협공해야 하지 않겠냐고 말하려던 백하언은 무연의 표정이 한껏 진지해진 것을 보고 말을 멈추었다.

어차피 백하언은 제압한 보초무인을 감시해야 했기에, 자리에 가만히 서 있었다.

자신을 발견하고 마주선 무연을 보며 위지천이 휘파람을

116

불었다.

"휘유… 위아래로 어두컴컴한 게 상당히 무서운데?"

하지만 말과는 다르게 무연과의 싸움이 기대되는 듯 위지천이 어깨에서 창을 내려 끝을 바닥으로 향하게 잡았다.

위지천이 적과 싸우기 직전 취하는 자세였다.

"내 이름은 위지천이다. 네 이름은?"

주먹을 말아쥔 채 양 손목을 한바퀴 돌리며 무연이 앞으로 나섰다.

"무연."

"좋은 이름이야."

무연과 위지천의 시선이 서로를 향했다.

까앙— 깡!

백건과 보초무인의 신형이 회전하며 뒤로 물러섰다.

"후웁… 후우……."

숨을 가쁘게 몰아쉬며 백건이 앞의 상대를 바라보았다.

상대 역시 체력적으로 쉽지 않은 듯 땀을 흘리며 숨을 몰아쉬었다.

백건이 입술을 깨물었다.

시간은 계속 흐르는데, 도저히 앞에 선 남자는 꺾일 기미가 보이지 않았다.

게다가 실력 역시 호각이라 한순간의 방심이 승패를 좌우했다.

도저히 다른데에 시선을 둘 여력조차 없었다.

"다시 봐야겠군."

보초무인의 검을 내리깔며 말했다.

"뭘 말이지?"

백건의 질문에 보초무인이 검을 한바퀴 빙글 돌리며 말했다.

"백월문도 꽤나 쓸 만하다는 걸."

백건이 쥔 검의 손잡이에 힘이 들어갔다.

상당히 모욕적인 말이었지만, 백건은 동요치 않았다.

오히려 보초무인의 모욕에 머리가 시원해짐을 느꼈다.

'실력은 비슷하다. 어차피 서로에게 남은건 마지막 절기(絶技)의 싸움.'

모든 무공에는 상성이 존재했다.

양의 기운을 가진 무공과 음의 기운이 가진 무공이 서로에게 약점이 되는 것처럼, 초식이나 절기에서도 서로에 관한 상성이 존재했다.

보초무인의 황제검이 가진 패도적인 검법과, 날카로우면서도 유려한 움직임을 가진 백건의 백월검법.

어쩌면 서로와 반대되는 힘을 가진 무공이었다.

이제 남은건 절기(絶技)의 싸움.

누구의 절기가 더욱 강하고, 매서우며, 상성이 높을지, 그것은 펼치는 순간에만 알 수 있으리라.

백건이 검을 세웠다.

수직으로 세워진 백건의 은백의 검에 기운이 모여들기 시작했다.

그것을 발견한 보초무인 역시 내려둔 검에 기운을 집중했다.

밝게 불타듯 모여드는 보초무인의 검과 은빛색으로 빛나는 백건의 검은 각각 태양과 달을 연상케 했다.

백건과 보초무인은 싸움의 최후를 준비했다.

창단식

검을 막아내며 뒤로 물러선 담소운이 눈매를 좁혔다.

담소운이 가진 장기는 바로 쾌검이었다.

또래 중 자신보다 빠른 검은 없다고 자부해왔던 그였다.

그런데 앞에 선 여인, 자신보다 어린 여인의 검이 쾌검을 무리 없이 막아냈다.

'어찌하여 여인의 몸으로 내 검을 이리도 잘 받을 수 있단 말인가……?'

여덟개의 방위를 점하고 찌르는 담소운의 찌르기를 한소진 역시 같이 찔러왔다.

먼저 검을 내지른 건 담소운이었지만, 한소진의 검은 비숫한 속도로 맞받아쳐냈다.

'있을 수 없는 일이다!'

이를 악문 담소운이 한소진의 목과 가슴 그리고 허리를 동시에 베어왔다.

엄청난 속도로 베어지는 삼단 베기였다.

한소진이 가볍게 목을 뒤로 젖히며 첫번째 검을 피했e 다.

검으로 반원을 그리며 두번째 베기를 막았다.

그리곤 검을 빠르게 내리며 세번째 검마저 막아냈다.

"큭!"

회심의 삼단 베기가 모두 막혔다.

담소운이 검을 위로 치켜올리며 한소진의 머리를 노리고 빠르게 내리쳤다.

한소진이 몸을 회전하며 검을 비스듬히 올려 담소운의 검을 흘렸다.

뒤이어 검의 손잡이 부분으로 담소운의 손목을 돌려쳤다.

"으윽!"

담소운이 급히 몸을 옆으로 뺐다.

하지만 이미 맞은 손목은 크게 부어올랐다.

손목뼈가 부러진 것이다.

아마 한소진이 손잡이가 아니라 검신으로 쳤다면 손목이 잘려나갔을 것이다.

"어떻게……."

초식다운 초식을 쓴 적도 없는 여인에게 졌다는 사실에 담소운이 손을 떨었다.

분노와 수치심이 동시에 치밀어 올랐지만, 다시 한소진에게 덤비기가 두려웠다.

검법조차 쓰지 않는 여인에게 졌다는 사실에 좌절감마저 들었다.

"넌 도대체… 누구기에."

떨리는 목소리로 담소운이 물었다.

그러나 한소진은 여전히 아무 말이 없었다.

일관적인 무시와 일방적인 패배.

담소운이 이를 갈았다.

그러나 한소진은 담소운을 무시한 채 다른 이들을 살폈다.

한번도 자신에게서 눈을 떼지 않던 한소진의 시선이 떨어지는 순간.

담소운이 검이 엄청난 속도로 한소진의 미간을 향해 날아들었다.

"그만!"

엄청난 노호성!

내력이 가득 담긴 일갈에 연화동이 울렸다.

동시에 서로를 향해 최후의 일격을 내지르려던 백건과 보초무인의 신형이 일순 멈추었다.

서로를 향해 달려들던 무연과 위지천의 신형 역시 멈추었다.

들려오는 목소리에 '아차'하며 검을 멈추려던 담소운은 이미 시작된 찌르기를 미처 멈추지 못했다.

한소진의 미간을 향해 날아든 담소운의 검은 상대를 뚫기 일보 직전이었다.

담소운이 눈을 질끈 감았다.

깡!

느껴지는 거대한 힘에 담소운이 감은 눈을 떴다.

한소진의 검이 자신의 검을 쳐내는 모습이 보였다.

보지도 않은 채 담소운의 검을 막아낸 것이다.

"이… 이럴… 수……."

무심한 한소진의 눈이 담소운을 향했다.

밀려드는 수치심에 담소운은 한소진의 눈을 바라보지 못하고 고개를 떨구었다.

"그만두어라! 이게 무슨 짓들인 게냐!"

나타난 노호성의 주인공.

도원은 난장판이 된 연화동을 바라보며 말했다.

무인들의 표정이 절망으로 바뀌어갔다.

도원이 나타난 이상 백아연을 빼내는 것은 무리였다.

아마 이곳에서 빠져나가는 것조차 불가능할 것이다.

"데리고 오거라!"

도원의 말과 함께 무림맹의 무인들이 누군가를 포박한

126

채 데려왔다.

익숙한 얼굴, 입구를 지키던 이범이었다.

사방에서 무림맹의 무인들이 나타나 검을 빼들었다.

나타난 인원은 총 30명이 넘었다.

그들은 무연과 그의 일행들을 에워쌌다.

도저히 빠져나갈 길이 없는 것을 확인한 백건은 검을 검집에 넣었다.

백건과 싸우던 보초무인은 도원쪽으로 돌아갔다.

위지천은 아쉬운 듯 입맛을 다시며 무연을 바라보았다.

"우리 싸움은 나중으로 미뤄야겠네. 나중에 또 보자고."

쾌활하게 말하며 위지천은 쓰러진 무당파의 보초무인을 짊어지고 도원에게 갔다.

한소진에게 패배한 보초무인은 그녀를 한번 바라본 뒤 등을 돌려 도원을 향해 걸어갔다.

보초무인들이 모두 물러갔다.

백건과 무연, 한소진과 백하언은 한자리에 모였다.

정신을 차린 장혁이 장현을 부축한 채 무연 쪽으로 다가왔다.

포박된 상태의 이범 역시 그들에게로 보내졌다.

사건을 일으킨 무인들이 모두 한자리에 모이자 도원이 앞으로 나서며 말했다.

"이런 일을 꾸민 이유가 무엇이냐? 네놈들도 저 백가의 여식과 한패더냐?"

도원의 질문에 무인들은 침묵을 지켰다.

"백건과 백하언. 네놈들은 같은 백월문의 여식인 백아연을 구하러 왔겠지? 안 그런가?"

대답은 하지 않았지만, 침묵이 곧 긍정의 의미란 걸 도원은 알고 있었다.

도원은 백건과 백하언에게서 고개를 돌려 이범을 바라보았다.

"이범. 네놈은 아무런 연고도 없는 백아연을 왜 구하려고 한 거지?"

이범 역시 대답하지 않았다.

뒤이어 장혁과 장현에게도 물었지만, 그들 역시 대답하지 않았다.

마지막으로 도원이 무연을 바라보며 물었다.

"네놈은 백아연과 친분이 있는 걸로 알고 있다. 그래서 구하러 온 것이냐? 벗이라서? 사랑하는 이라서?"

"진실."

무연의 답에 도원이 입을 다물었다.

예상치 못한 대답이었다.

"진실이라……?"

"그렇소. 우린 진실을 알기 위해 왔소."

"무림맹을 의심하는 것이냐?"

진지하고 엄숙한 목소리로 도원이 무연을 향해 물었다.

모두의 시선이 무연에게로 돌아갔다.

지금 무연에게서 나올 대답의 중요성을 모두 알고 있기 때문이다.

"사실대로 말한다면 그렇소."

"아……!"

주위에서 탄성이 들려왔다.

도원의 양주먹이 미세하게 떨려왔다.

"지금 네가 한 말이… 무슨 의미인지 알고 있는 것이냐?"

무림맹의 가장 깊숙한 곳 중 한곳에서 무림맹을 의심한다.

곧 이곳에 있는 모든 무림맹 소속의 무인들을 의심한다는 말이었다.

그 대답의 무게를 아는 도원이 몸을 미세하게 떨며 무연을 향해 입을 열었다.

"이곳은 무림맹이다. 네놈은 이곳 대무림맹의 일원이 되고자 하여 천소단의 입단시험을 치르기 위해 온 무인이다. 헌데 무림맹을 의심한다고?"

"이곳이 대무림맹인지 뭐든지 간에 그건 내게 중요치 않소."

거침없는 무연의 말에 모두의 표정이 경악을 나타냈다.

무연은 오른손을 들어 백아연을 가리켰다.

"내게 중요한 것은 백 소저의 진실이오."

포박된 채 묶여 있는 백아연의 눈과 무연의 눈이 서로를 향했다.

백아연의 맑고 커다란 눈에 굵은 눈물방울이 맺히기 시작했다.

무연의 눈에는 백아연에 대한 의심이 전혀 없었다.

불신도, 원망도, 증오도 전혀 느껴지지 않았다.

"진실은 이미 말해주었을 텐데?"

"그건 무림맹이 말한 진실이오, 내가 알고 싶은 건."

무연의 시선이 도원에게로 향했다.

"백 소저의 진실이오."

그의 의도를 알아차린 도원이 뒤를 향해 손짓했다.

무림맹의 무인 중 한명이 백아연의 입에 물린 재갈을 풀었다.

"말하라. 네 진실을."

재갈이 풀려 말을 할 수 있게 된 백아연을 향해 도원이 말했다.

그러자 무연을 포함한 무인들의 시선이 백아연에게로 향했다.

백아연은 한동안 입을 열지 못하고 침묵을 지켰다.

무인들을 천천히 바라보던 백아연은 마지막으로 무연을 향해 고개를 돌리고 나지막하게 말했다.

"제가… 비급을 훔치려한 건… 사실입니다……."

고개를 떨구며 백아연이 말을 흐렸다.

백아연에게서 진실을 들은 무인들의 표정이 어두워졌

다.

충격적이었다.

그 누구보다도 정직해 보였던 그녀였다.

그런 그녀가 정말로 무림맹의 비급을 훔치려 했다니 무인들은 믿기지 않았다.

백아연은 차마 무연을 바라보지 못하고 고개를 떨구었다.

굵은 눈물이 흘러 바닥을 적셨다.

"자, 되었나?"

도원이 무연을 향해 물었다.

백아연에게서 진실을 들으면 경악이라도 지를 줄 알았던 무연은 의외로 담담했다.

오히려 백아연이 그리 말할 줄 알았다는 듯 아무런 표정의 변화도 없이 보고 있었다.

"저 사람들 아무 죄가 없습니다… 모두 제 잘못입니다."

백아연이 고개를 번쩍 들어 도원을 향해 말했다.

도원의 시선이 백아연에게로 향했다.

백아연의 표정은 간절함이 가득했다.

"그래. 하지만 무림맹의 지하감옥을 몰래 침입한 것과, 범죄자를 옹호한 점에 대해서는 그냥 넘어갈 순 없구나. 믿으면 안 될 동료를 믿은 죄이니만큼 너희에게 형벌을 내리진 않으마… 대신."

형벌은 없을 거라는 도원의 말에 무인들이 고개를 들었

다.

"너희의 천소단 입단시험 합격을 모두 취소한다. 그리고 네놈들은 다시 천소단의 입단 시험을 치를 수 없을 것이다."

장혁과 장현이 작게 한숨을 내쉬었다.

자칫하면 수감까지도 당할 만한 죄를 지었다.

아무런 형벌 없이 무림맹에서 쫓겨나는 것으로 끝난다면 그거로 다행이었다.

장혁과 장현은 서로를 바라보며 안도했다.

그 외의 인물들 역시 형벌을 피할 수 있어 안도했다.

단, 백건과 백하언은 표정을 굳힌 채 백아연을 바라보고 있었다.

이범은 측은한 얼굴로 백아연을 바라보았다.

미안함이 가득한 표정이었다.

지하감옥에서 내내 담담한 표정이던 무연은 고개를 돌리며 연화동을 살피는 중이었다.

모두가 낙심하여 고개를 떨구고 있을 때, 익숙한 목소리가 들려왔다.

"장난은 이쯤에서 끝내게. 도원. 장난도 도가 지나치면 더는 장난이 아닌 법이야."

익숙한 중저음의 목소리가 들려왔다.

"아! 왔는가?"

반가운 목소리로 도원이 맞이한 이는 바로, 천소단주 이

겸이었다.

그는 백색의 도포 자락을 휘날리며 연화동에 들어섰다.

이겸은 자신의 등장에 어리둥절해진 무인들을 보며 어색하게 미소지었다.

"하하하! 재미있는 신입생들이군. 벗을 구하기 위해 감히 대무림맹의 지하감옥을 침입하는 거로도 모자라 무림맹의 무인들과 싸움까지 벌이다니 말이야."

갑작스러운 분위기 변화에 무인들이 상황을 파악하지 못하고 어리둥절해했다.

이겸이 아차 하며 미소지은 뒤 말했다.

"이런! 그것부터 설명해줄 걸 그랬군. 이번 사태는 모두 조작된 사건이라네. 물론 조작한 것은 바로 무림맹이지."

"그게 무슨 소리……."

무인들이 격하게 반응하며 인상을 찌푸렸다.

사람의 목숨이 달린 일을 조작하다니 분노하지 않을 수 없었다.

자신들이 믿고 있던 동료가 사형에 처할 상황에 놓였다.

그를 구하기 위해 목숨을 걸고 지하감옥을 침투해온 그들이었다.

그런데 이제 와서 조작되었다니?

이 모든 것이 무림맹의 장난질이었다는 이겸의 말에 무인들이 크게 분노했다.

분위기가 격해지자 이겸이 양손바닥을 들어 그들을 진정

시켰다.

"미안하네. 미안해. 다 뜻이 있어서 그런 것이네."

"무슨 뜻 말입니까?"

백건이 그답지 않게 아주 사나운 목소리로 물었다.

그의 양 주먹은 부들부들 떨리고 있었다.

핏줄까지 돋아난 얼굴을 보면 평소에 조용하던 그가 얼마나 분노했는지를 알 수 있었다.

"미안하네. 백월문을 욕보이려 백아연이라는 아이를 이용한게 아니네. 단지 자네들 중 가장 신뢰가 가고, 변절했을 때 가장 큰 충격을 줄 만한 이가 백아연이라 생각했기에 이용한 것이네."

백건을 진정시키며 이겸이 무인들을 쭉 둘러보다 입을 열었다.

"자, 어떠한가? 이런 일을 겪어보니?"

"그걸 말이라고 하십니까?"

이범 역시 분노했는지 이겸을 향해 사납게 대답했다.

도원이 앞에 나서며 이범의 행동에 한마디 하려 했지만, 이겸이 막았다.

그리곤 흥분한 이범을 보며 물었다.

"그래. 화가 난 것도, 분노하는 것도 이해한다. 속았다는 사실에 화가 나겠지… 헌데 내가 만약 이대로 안 나타났다면 백아연이라는 아이는 어찌되었겠느냐?"

"죽었겠죠."

표독스러운 목소리로 백하언이 답했다.

그러자 이겸이 고개를 끄덕였다.

"그래. 죽었을 거다. 내가 막지 않았다면 말이지."

이겸은 줄에 묶인 백아연에게 다가가 몸을 포박한 포승줄을 풀어냈다.

그녀의 혈을 짚어 사지의 마비를 풀고 내력이 순환되기를 도왔다.

"이 아이는 죄가 없다. 오히려 너희를 구하기 위해 이곳에 찾아왔다가 우리에게 붙잡힌 것이지."

그 말에 모두의 시선이 백아연에게로 향했다.

백아연이 부끄러움에 얼굴을 붉혔다.

"백아연은 너희는 받지 못한 한가지 서신을 받았다. 그것은 무림맹에서 이루어지는 음모에 관한 이야기였지. 아침에 예정된 너희의 천소단 입단식에서 신입 천소단원을 상대로 암살모의가 이루어지고 있다는 내용의 서신이었다. 물론, 이 서신을 건넨 것은 제갈 군사다. 그 덕분에 그녀는 아무런 의심도 없이 이곳 연화동으로 들어왔고, 졸지에 비급을 훔치려는 중죄인이 되어 붙잡히게 된 것이지."

이제야 사건의 진실을 알게 된 백아연이 놀란 눈으로 이겸을 바라보았다.

이겸은 눈물 자국이 선명한 처연한 눈으로 원망 섞인 시선을 보내는 백아연에 그녀의 어깨를 토닥이며 사과했다.

"그래. 그 점에 대해서는 네게 정말로 미안하구나. 하지만 이 모든 일을 위해선 미끼가 필요했단다."

몇 번 백아연을 토닥인 이겸이 다시 고개를 돌려 무인들에게 말을 이었다.

"죄가 없는 아이가 너희를 위해 거짓 진실을 말하고, 너희는 그로 인해 이 아이가 죽는 걸 지켜볼 수밖에 없게 되겠지… 이것이 무엇을 의미하는지 알겠느냐?"

이겸의 질문에 무인들이 답하지 못했다.

그때, 무연이 이겸을 향해 말했다.

"한 사람에게 누명을 씌우고 죽이는 것은 무림맹에게 있어서 일도 아님을 말하려는 겁니까?"

무연의 질문에 이겸이 손뼉을 한번 치며 말했다.

"그래! 그것이다! 현 무림맹은 무림의 역사상 유례가 없을 정도로 막강한 권력을 가지고 있다. 중원의 7할을 가지고 있고, 그 누구도 감히 건들 수 없다."

그의 말대로 현 무림맹의 힘은 무소불위의 경지에 이르렀다.

견제할 수 있는 세력이 있을 리가 없었다.

중원을 대표하는 대부분의 크고 작은 문파들은 모두 무림맹의 소속이었다.

무림맹의 유일한 숙적이라 불리던 마교는 정사 대전에 패한 뒤 십만대산에 기거하며 간신히 세력을 유지 중이었다.

그러니 누가 감히 무림맹을 거역하겠는가.

"그렇다면 이렇게 거대해진 무림맹은… 누가 감시하는가? 누가 통제하는가? 무림맹이 타락하였을 땐 누가 그들을 심판할 수 있겠는가?"

이겸의 쏟아지는 질문에 아무도 대답할 수 없었다.

이를 예상했는지 이겸이 무인들을 둘러보며 말했다.

"그래. 답은 '없다'이다."

이 상황과 이겸의 말의 의도를 무인들은 전혀 알 수 없었다.

천소단의 입단시험 중에 왜 이런 이야기를 하는 건지.

의도를 알 리 없는 무인들은 그저 조용히 이겸의 말에 집중했다.

"그래서 너희를 뽑은 것이다."

"뽑다니……."

"그래. 혼돈스러울 게다. 너희들은 지금까지 치렀던 모든 시험이 천소단원이 되기 위한 것이라 믿었을 테니까. 이제 말해주마. 왜 여태껏 시행되어왔던 천소단의 입단 시험이 바뀌었는지, 너희가 왜 이곳에 모였는지를……."

이겸이 두팔을 넓게 벌렸다.

마치 무인들을 모두 제 품에 넣으려는 것처럼 두팔을 활짝 벌린 이겸이 그들을 향해 크고 웅장하게 말했다.

"너희는 천소단원이 아니라, 용천단(龍天團)의 용천단원(龍天團員)이 될 것이다."

"용천단원……?"

처음 들어보는 단의 이름이었다.

의아해하는 무인들을 보며 이겸이 이럴 줄 알았다는 듯 미소지었다.

"그래. 용천단(龍天團)은 신설조직이다. 무림맹에 속한 문파들과 조직들을 감시하고 통제하며, 그들의 비리와 범죄를 막는 유일무이한 조직이 될 것이다. 그리고 이곳에 모인 너희 무인들은 용천단의 첫 단원이 될 것이다."

갑작스러운 이겸의 발표에 모두가 어안이 벙벙해졌다.

천소단원이 되기 위해 시험을 치렀다.

구사일생 끝에 시험을 통과했더니 백아연이 잡혀가 그녀를 구하기 위해 연화동으로 왔다.

그런데 또 용천단원이 되었다는 말을 들었으니 어안이 벙벙해질 수밖에 없었다.

"너희를 이곳 연화동을 오게 한 것도 커져버린 무림맹에 대한 경각심을 깨우치고 가려진 진실 속에서 너희의 행동을 시험해보기 위함이었다."

그제야 무인들은 이겸이 백아연을 사로잡고, 이곳으로 오게 만든 이유를 알 수 있었다.

그들의 눈으로, 몸으로 느끼게 해준 것이다.

무림맹이 가진 정도의 대표라는 신뢰성 그리고 그것이 가진 무서움을.

거대한 힘과 쌓여간 업적과 명성 그리고 신뢰는 진실을 눈 멀게 한다.

누명을 쓴 백아연이 사형을 당할 처지에 놓여도 이를 행하는 쪽이 무림맹이라면 진실과 관계없이 그녀는 범죄자가 된다.

그것이 무림맹이 가진 힘이자 무서움이었다.

"너흰 무림맹이라는 거대한 단체에 맞서 너희 동료에 대한 진실을 얻고자 이곳으로 왔지. 거대한 세력이라는 두려움과 모든 이의 적이 되는 걸 두려워하지 않고서 말이야… 그래. 그래서 너희 같은 이들이 필요했다. 거대한 힘에 굴복하고 머리 숙이는 것이 아니라 진실을 찾으려 맞서는 자들을."

이겸이 무인들을 보며 작게 손뼉을 쳤다.

뒤이어 연화동을 가득 메운 무인들도 이겸을 따라 손뼉을 치기 시작했다.

곧 연화동 전체가 박수소리로 가득 찼다.

"용천단원이 된 것을 축하한다."

뿌듯한 얼굴로 이겸이 그들을 바라보며 말했다.

울리는 박수소리 탓일까.

아니면 모든 것이 끝났다고 생각했을 때 용천단이 되었다는 말을 들었기 때문일까.

무인들의 표정이 멍해졌다.

장혁과 장현은 이 상황이 믿기지 않는 듯 서로의 볼을 꼬집어보기도 했다.

"이겸님!"

무림맹 무인의 목소리에 모두의 시선이 그곳을 향했다.

익숙한 얼굴의 무인이 무림맹의 무인에게 붙잡혀오고 있었다.

"응? 자네는?"

이겸의 질문에 우윤섭은 고개를 들지 못하고 바닥으로 시선을 떨구었다.

"그러고 보니 우윤섭 자네가 있었지."

"연화동에 굴을 만들고 있던 것을 발견해 잡아왔습니다."

"굴……?"

난데없이 굴을 만들고 있었다는 말에 이겸이 우윤섭을 보며 물었다.

"굴을 만들었다니 무슨 말이냐?"

하지만 우윤섭은 대답하지 못하였다.

그가 침묵을 지키자 이겸이 다가갔다.

"왜 대답하지 못하는 것이냐"

"저는… 동료를 저버렸습니다. 천소단원에 대한 욕심 탓에 무림맹을 적으로 돌리는 것이 두려웠습니다. 백 소저를 믿지 못하여 홀로 남았습니다."

"그런데 왜 돌아와 굴을 만든 것이냐?"

"연화동에 침입자가 있다는 얘기를 들었습니다. 그래서……."

"이들을 구출할 길을 만들려던 것이냐?"

우윤섭은 대답하지 않았다.

그러나 이겸은 우윤섭이 굴을 판 이유를 알고 있었다.

우윤섭은 벽사문의 무인이다.

아무리 기문 진법에 능한 우윤섭이라도 홀로 뒷길을 만드는 것은 아주 어려운 일이었지만, 그렇다고 불가능한 일은 아니었다.

그러나 결과적으로 시간이 부족하여 만드는데는 실패했다.

"가장 중요한 역할을 맡은 네가 무엇이 두려워 고개를 들지 못하는 것이냐?"

"맡은 것이 아닙니다… 뒤늦게라도 그들에게 도움을 주어… 제 못난 모습을…….."

"되었다. 결국 왔지 않느냐?"

이겸이 우윤섭의 어깨를 토닥였다.

모든 무인이 한자리에 모였다.

이겸은 그들을 한데로 모았다.

9명의 무인들.

그들을 보는 도원의 표정은 썩 개운치 못했다.

곧 도원의 시선이 무연에게로 향했다.

첫 시험의 순간부터 지금까지 단 한번도 초조해하거나 불안해하지 않았다.

항상 담담한 모습을 지닌 무연에게로 도원이 다가갔다.

"무연이라 했나?"

자신을 부르는 목소리에 무연이 고개를 돌려 도원을 바라보았다.

어느새 지척으로 다가온 도원이 무연에게 말했다.

"자네는 알고 있었나? 백아연이라는 아이가 죄가 없다는 것을?"

"그렇습니다."

"어찌 알았나?"

"형벌이 내려지고 집행되기까지의 시간이 너무 촉박했습니다. 그리고 어린 무인들이 지하감옥을 쉽게 침입한 점도, 연화동이 지어진지 얼마 되지 않은 것도, 감옥 안에서가 아니라 마치 우리를 기다린 듯 놓여 있던 백 소저도… 의심이 가는 부분이 너무 많았습니다."

무연의 말을 듣는 도원이 고개를 끄덕였다.

확실히 무연의 말이 맞았다.

그의 말처럼 너무 쉽게 무인들이 지하감옥으로 들어왔다.

들어온 후 보초들이 보인 반응에도 의아한 점이 많았다.

일이 그렇게 된 것은 무인들이 깊게 생각하지 못하게 하기 위해 급하게 일을 처리했기 때문에 벌어진 일이다.

과연 무연은 다른 무인들과 달리 모든 상황에 냉철했다.

"만약 백아연이 정말로 죽을 상황에 처했다면 어찌했을 텐가?"

불현듯 도원은 궁금했다.

만약 백아연이 정말로 죄를 지었고, 처형을 당하게 될 상황이라면…….

무림 공적이 되어버린 백아연에게 무연은 어떻게 행동했을까 궁금했다.

"구했을 겁니다."

"그녀가 비급을 훔치려 한 게 사실이어도 말인가?"

"그렇습니다."

"어째서지……?"

대답을 하지 않은 무연은 포박에서 풀려나 다른 무인들과 대화를 나누던 백아연을 발견했다.

밝게 웃으며 말하는 백아연을 보며 무연이 뜻을 알 수 없는 의미심장한 말을 했다.

"더는 죽게 놔두지 않을 생각입니다."

* * *

용천단의 창단식은 당일 아침이 아닌 다음 날로 연기되었다.

백아연 사건 때문에 심신이 지쳐버린 무인들을 위한 배려였다.

먼저 일을 마치고 숙소로 돌아온 백아연은 무인들을 향해 고개 숙여 사과했다.

백아연 역시 모두를 지키고자 했던 행동이었지만, 결국

엔 모두를 위험에 빠뜨릴 뻔한 건 변함없는 사실이었다.

의도야 어찌되었든 모두에게 피해를 끼친 것만 같아 백아연의 표정은 미안함으로 가득했다.

"죄송합니다."

작은 목소리로 사과하는 백아연의 모습에 백건과 백하언은 말없이 그녀를 지나쳐 갔다.

이범이 그녀를 다독였다.

"괜찮습니다. 무림맹이 꾸민 일입니다. 백 소저가 아닌 다른 이였더라도 똑같은 일이 벌어졌을 겁니다."

"하지만……."

백아연의 시선이 자신도 모르는 사이 무연에게로 향했다.

무연은 말없이 무림맹의 본전(本殿)을 보고 있었다.

백아연의 시선이 무연에게로 향하자 이범의 표정이 씁쓸해졌다.

"어쨌든 좋은게 좋은 거니까요."

장혁이 두손으로 자신의 뒷목을 잡고 유쾌하게 말했다.

평소에도 쾌활한 모습을 보이던 장혁과 장현은 유쾌하게 백아연의 사과를 받았다.

그때 장현이 반토막 나버린 장혁의 도를 보며 말했다.

"일단 형은 도부터 구해야겠는데?"

"아, 그리고 보니 그러네."

장혁은 반토막 난 도를 살폈다.

장혁이 어렸을 때부터 지금까지 함께해왔던 도였다.

이미 손때가 가득한 도의 손잡이와 이가 군데군데 나간 도신에서 그의 흔적이 엿보였다.

"정들었지만, 뭐… 어쩔 수 없지."

다시 도를 집어넣은 장혁이 빙긋 웃었다.

"그 사람이랑은 다시 붙어보고 싶은데…….."

위지천을 떠올린 장혁의 말에 장현이 몸을 부르르 떨었다.

"그처럼 강한 자는 처음이야."

"응."

단 한번도 자신들을 손쉽게 제압한 고수를 만나본 적이 없었던 장혁과 장현.

위지천과의 싸움에서의 패배는 그들에게 좋은 자극제가 되었다.

"저… 미안하오."

장혁과 장현을 바라보던 백아연을 향해 우윤섭이 말했다.

그는 백아연을 똑바로 바라보지 못한 채 나지막이 말했다.

백아연이 급히 손사래를 치며 말했다.

"아니에요. 어째서 우 소협이 사과하는 건가요?"

백아연의 말에 우윤섭이 대답하지 못했다.

잠시 침묵을 지키던 우윤섭이 조심스럽게 입을 열어 말

했다.

"사실 구하러 갈 생각 없었습니다. 저는⋯⋯."

고개를 숙인 채 말하는 우윤섭의 어깨에 따스한 손길이 느껴졌다.

깜짝 놀란 우윤섭이 고개를 들자 백아연이 그의 어깨에 손을 올린 채 따스한 눈길로 바라보며 있었다.

그녀는 고개를 저으며 말했다.

"와줘서 고마워요."

그녀의 말에 우윤섭은 고개를 푹 숙인 채 아무런 말도 할 수 없었다.

* * *

다음 날 잠에서 깨어난 아홉명의 무인들은 첫날 첫번째 시험을 치렀던 중앙연무장에 모였다.

그곳에는 수많은 무림맹의 무인들이 도열하여 그들을 맞이했다.

익숙한 얼굴인 도원과 이겸 그리고 제갈윤의 모습도 보였다.

백아연을 발견한 제갈윤이 차마 그녀를 바라보지 못하고 고개를 돌려 시선을 외면했다.

그 외에도 수많은 무림맹의 주요인사와 장로들이 모여 있었다.

늘어선 무인들 앞에 꾸부정한 모양새의 황색 도포를 입은 민머리의 노인이 나타났다.

도포 자락의 가슴 부분에는 금색용의 형상을 한 장신구가 매달려 있었다.

무인들은 그것이 무엇을 의미하는지 알고 있었다.

"반갑소. 무림맹의 맹주를 맡고 있는 혜정이요."

작은 키와 왜소한 체격.

그러나 그의 목소리를 들은 용천단은 감히 그를 작은 노인으로 볼 수 없었다.

기운을 담지 않았음에도 느껴지는 거대한 기세.

그들 앞에 서 있는 혜정은 더 이상 작은 노인이 아니었다.

"여러분도 이곳에 오기 전, 들었을 겁니다. 여러분은 천소단원이 되는 것이 아니라 용천단에 입단하게 된다는 것을 말입니다."

"네. 들었습니다."

아홉 명의 무인들 중 이범이 대표로 혜정의 말에 대답했다.

혜정은 아홉 명의 무인을 둘러보며 말했다.

"물론 천소단원이 되고자 하는 이는 그쪽으로 입단할 수 있다 하였습니다. 혹, 용천단원이 아닌 천소단원이 되고자 하는 무인이 있습니까?"

혜정의 말대로 이번 시험의 합격자는 용천단 외에도 천

소단원이 될 수 있는 기회가 주어졌다.

이겸은 이들에게 그 사실을 용천단의 창단식 전에 통보했다.

그러나 천소단원이 되겠다고 한 이는 없었다.

무인들이 대답이 없자 혜정이 미소지으며 말했다.

"없는 거군요. 그럼 지금부터 용천단의 창단식을 시작하죠."

혜정의 말이 끝나자 도원이 무인들의 앞으로 나왔다.

도원의 등장에 무인들이 바라보았다.

도원이 그들을 향해 어색하게 웃었다.

그리곤 몸을 뒤로 돌리며 혜정을 향해 섰다.

"지금부터 용천단의 창단식과 입단식을 시작하겠습니다."

혜정의 옆에선 제갈윤이 금색의 수실이 꿰어진 양피지를 들고 말했다.

"용천단은 무림맹에서 열다섯번째로 창단되는 조직입니다. 단주로 임명된 도원과 단원으로 임명된 백건, 백아연, 백하언, 이범, 장혁과 장현, 한소진, 우윤섭 그리고 무연 등의 홉명으로 이루어진 무림맹의 첫 감찰조직입니다."

무림맹의 장로직을 맡던 도원이 용천단의 단주가 되었다.

아홉명의 무인은 용천단의 단원이 되었다.

"무림맹의 세력이 커짐에 따라 발생하여지는 부패와 비

148

리를 척결하며, 무림맹과 그에 소속된 문파와 단체를 감찰하는 역할을 맡게 되었습니다."

용천단의 소개를 듣고 있는 장로들의 목소리가 점점 커졌다.

감찰 조직이란 말 그대로 무림맹의 규율과 행동을 감시한다는 말이다.

그 역할을 맡게 된 것이 이제 막 무림맹에 발을 들인 젊은 무인들이었기 때문이다.

"제갈 군사. 대무림맹의 감찰조직 인원이 겨우 아홉명의 젊은 무인과 무림맹의 장로 한명뿐인 게 사실이오?!"

금색 도포 자락을 펄럭이며 말한 자는 남궁세가 출신으로 장로를 맡고 있는 남궁세정이었다.

그의 말을 들은 제갈윤이 대답했다.

"이미 용천단의 창단과 역할에 대해서 장로회의를 통해 밝힌 바 있습니다."

"하지만 그 구성원이 저런 어린 무인들이라는 건 밝히지 않았잖소?"

"물론, 이번에 구성하는 무인들이 용천단원의 전부가 아닙니다. 앞으로도 많은 이들아 용천단의 일원으로 입단할 것이고, 그에 따른 장로급 무인들의 인사도 이루어질 겁니다."

"어째서 출신도 불분명한 이들로 무림맹을 감시하도록 한 겁니까?"

가만히 이들의 대화를 듣던 모용세가 출신의 장로 모용수가 앞으로 나서며 말했다.

그러자 그를 보며 제갈윤이 대답했다.

"무림맹의 세력은 더할 나위 없이 커졌습니다. 그와 함께 무림맹을 구성하는 핵심 문파인 오대세가와 구파일방의 문파들, 이에 속하지 않은 대 문파들의 세력도 전보다 훨씬 커졌지요. 이런 상황에 그들에 대해 객관적으로 판단할 수 있는 이들이 필요했습니다."

제갈윤이 용천단원으로 임명된 아홉 무인들을 보며 말했다.

"그것이 바로 이번 특별시험에 최종 합격한 여기 아홉명의 무인들입니다. 이들은 신, 지, 충으로 나누어진 세가지의 고난이도 시험을 이겨냈습니다. 쉽게 무시할 이들이 아니란 얘기죠."

"강호를 겪어보지도 못한 이들이 시험에 통과했단 이유로 무림맹을 감찰할 자질이 있다는 말이오?"

모용수의 말은 과연 날카로웠다.

용천단원이 된 무인들이 치른 시험의 난이도가 상당한 것은 사실이지만 그것은 어디까지나 시험.

실제로 겪는 강호의 세계는 다르므로 경험이 상당히 중요하다는 말이었다.

그러나 제갈윤은 물러나지 않았다.

"이들이 그것을 판단하다는 건 쉬운 일이 아니겠죠. 이

들을 이끌 인물들이 필요합니다. 이번 용천단의 단주가 된 도원님이 첫 주자가 되실 겁니다. 무림맹의 감찰조직이 생긴 것은 창맹(創盟) 이후 처음입니다. 앞으로 이 용천단을 이끌 용천단원들은 이후의 무림맹을 위해 자신들의 힘을 아낌없이 쏟아부을 것입니다. 이 과정에서 젊은 무인들의 양성은 꼭 필요하기에 이들이 용천단원이 된 것입니다."

막힘없는 제갈윤의 말에 모용수가 입을 다물었다.

그때, 남궁세정이 다시 한번 제갈윤을 향해 물었다.

"이들에 대한 통제는 어떻게 이루어지는 겁니까? 감찰조직에 대한 감시는 누가 한단 말이오⋯ 만약 이들이 마음을 달리 먹고 한 세력에 가담하여 다른 세력을 모함한다면, 이를 누가 막을 수 있다는 말이오?"

남궁세정의 말은 용천단이 가질 권력과 힘에 대한 경계였다.

그의 말대로 용천단이 가진 힘은 결코 적지 않았다.

무림맹의 첫 감찰조직.

그것은 무림맹에서 유일무이한 힘을 가진다는 것을 뜻했다.

무림맹에는 크고 작은 문파가 셀 수 없이 존재했다.

감찰조직인 용천단이 마음만 먹는다면 큰 조직을 무너뜨리고 작은 조직을 크게 키울 수 있었다.

그의 말에 제갈윤이 고개를 끄덕이며 말했다.

"그 부분을 경계하시는 건 당연합니다. 그래서 그 문제를 해결하기 위해 용천단의 명령권을 가지는 자를 제한하려 합니다. 용천단의 최초 명령권은 무림맹주와 용천단주로 제한할 것입니다. 무림맹에 큰 손실이나 명예를 실추시키는 행위를 해 용천단에 의해 체포될 경우와 감찰에 부패와 비리가 적발된 문파와 무인에 대한 처벌은 맹주와 장로회의의 결정에 따라 이루어질 겁니다."

제갈윤의 말에 여기저기서 웅성거림이 들려왔다.

"최초 명령권을 가지는 것은 오로지 무림맹주와 용천단주뿐입니까?"

"그렇습니다. 용천단은 말 그대로 무림맹의 감찰조직입니다. 감찰조직에 대한 명령권은 맹주와 단주로 제한하여거대 문파의 입김이 작용하지 못하도록 할 것입니다."

대 문파의 장로들의 눈빛이 날카로워졌다.

제갈윤의 말대로라면 대 문파에 대한 감찰을 막으려는 장로들의 뒷손을 제제하기 위해 최초 명령권을 맹주로 제한한 것이다.

생각보다 용천단과 그에 속하는 구성원에 대한 반발이 심해지자 무인들은 괜히 기가 죽는 느낌이었다.

그들이 할 수 있는 것은 조용히 자리에 서서 사태가 진정되길 기다리는 것이다.

"그럼 궁금한 건 전부 말하셨습니까?"

잠시 조용히 장로들의 말을 듣던 혜정이 천천히 입을 열었다.

작은 목소리.

그러나 모든 이의 귓가에 크게 들려왔다.

무연은 혜정의 작은 한마디에 조용해진 중앙연무장을 둘러보았다.

이내 고개를 돌려 흥미롭게 보았다.

그의 수준이 무연의 생각보다 훨씬 높았다.

"용천단에 대한 여러분들의 걱정도 이해합니다. 하지만 용천단은 필요합니다. 현 정도의 대표라는 무림맹은 여러분도 아시다시피 중원에서 제일 큰 집단이 되었습니다. 과거 여러 세외 집단이나 마교의 경계를 받는 시기의 무림맹이 아니란 말입니다."

혜정이 뒷짐 졌던 손을 풀며 장로들을 손바닥으로 가리켰다.

"무림맹은 정도 무림의 집합체. 정의를 관찰하고, 평화로운 중원을 만들기 위해 존재합니다. 그러나 갈 길을 잃어버린 검은 언젠간 자신에게 검날을 들이밀지 모릅니다. 현 무림맹의 상태도 그와 비슷합니다. 유례없이 커져버린 무림맹, 적수가 없는 무림맹… 현 무림맹은 말 그대로 갈 길을 잃어버린 세상에서 가장 강하고 날카로운 검이 되어 있는 상태입니다."

혜정의 낮고 힘 있는 목소리에 중앙연무장의 모든 무인과 장로들은 말에 빠져들었다.

"우리는 우리를 감시하고 통제할 수단이 필요합니다. 하

지만 그것이 이미 날카로워진 검이 되어선 안 됩니다. 그
러니…….”

부드러운 눈빛으로 기가 죽어 있는 어린 무인들.

용천단원이 된 아홉 명의 무인을 보며 혜정이 말했다.

“아직은 어리지만, 그 어느 곳에도 물들지 않은 이들이
필요한 것입니다.”

* * *

용천단의 창단식과 입단식은 혜정의 말과 함께 소소하게
끝이 났다.

장로들과 몇몇 고위급 자리에 있는 무인들은 불만이 없
진 않았지만, 혜정과 제갈윤의 말에 더는 반박치 못하고
입을 다물었다.

아홉 명의 무인과 도원은 식이 끝난 후 용천단에 배정된
건물을 향해갔다.

용천단은 단이 가진 이름과 걸맞게 용의 무늬가 멋지게
새겨진 거대한 전각에 배정되었다.

용천단을 위해 시공한 새 건물이었다.

용천각이라 이름 붙여진 건물에 들어선 도원.

먼저 용천단원으로 무림맹의 일원이 된 아홉 명을 보며
말했다.

“나와 함께 용천단을 이끌 부단주를 뽑을 것이다. 부단

주는 내 임의로 뽑을 것이며 첫 용천단 부단주가 될 무인
은 바로…….”

* * *

용천단의 숙소는 개인 숙소로 정해졌다.

후에 들어오게 될 신입 용천단원을 생각하여 용천각의
크기를 크게 만든 덕이었다.

개인 숙소를 쓰게 된 무인들은 저마다 마음에 드는 숙소
로 들어가 개인 짐을 풀었다.

용천단의 상징인 금색의 용이 수놓아진 검은 바탕의 양
쪽 마감된 부분이 붉은 무복으로 갈아입은 무인들은 잠깐
의 휴식을 취하게 되었다.

용천각에 만들어진 새로운 집무실에 있는 의자에 몸을
앉힌 도원은 문을 열고 들어온 주염에게서 차를 건네받았
다.

“어째서 부단주로 무연을 뽑은 것입니까?”

“왜, 그럼 안 되느냐?”

“하지만 무연은 출신도, 신분도, 과거의 행적도 묘연한
자입니다. 어찌 그런 자를……?”

“그래서다.”

“네?”

무연의 정보라 모인 두 장의 양피지를 들고서 도원이 말했다.

"아는게 없는 자일수록 가까이 두어야지. 모난 못일수록 손에 가까이 두어야 하는 법이다. 무연이라는 정체를 알 수 없는 자를 부단주로 세워야 쉽게 그의 행적이 눈에 띄지 않겠느냐?"

"아무래도… 그렇군요."

도원의 뜻을 알게 된 주염이 수긍하며 고개를 끄덕였다.

"그리고……."

"네?"

들고 있던 양피지를 탁자에 내려놓으며 도원이 인상을 찡그리며 말했다.

"무연을 부단주로 임명할 때, 단 한명의 무인도 그에 반발하거나 의아함을 품은 이가 없었다. 이범이나 백건, 그들이 아니면 백하언이라는 여인이라도 의아함이나 반발심을 가질줄 알았는데, 단 한명의 무인도…그러하지 않았어. 오히려 이미 알고 있었다는 듯 행동하더구나."

"아…그들도 무연이 부단주의 자질이 있었다는 걸 알았던 걸까요?"

"아닐 것이다. 무연은 시험이 진행되는 내내 특별히 나선 적도 없고, 특출난 것을 보인 적도 없다. 그래서 더욱 믿음이 가는구나."

"어째서죠?"

차를 한 모금 마신 도원이 무인들의 숙소가 있는 방향을 향해 고개를 돌리며 말했다.

"아무것도 하지 않아도 주변인들이 그의 진가를 알아보는 것일지도⋯ 모르지. 감추려 해도, 내보이지 않아도, 사람들이 알아서 그를 알아보는 게지. 그 모습을 보니 무연을 부단주로 임명한 것이 헛되지 않았다고 생각되는구나."

그의 말에 주염은 무연이 부단주로 임명될 때를 떠올렸다.

도원의 말대로 무연을 부단주로 임명할 때 단 한명의 무인도 동요하거나 의아해하지 않았다.

반발하는 이 역시 없었다.

백아연과 우윤섭은 무연이 부단주가 된 것이 당연하다는 듯 받아들였다.

이범과 백건도 담담히 받아들였다.

도원의 집무실을 나온 주염은 무연이 사용하고 있는 숙소를 바라보았다.

"낭중지추(囊中之錐)란 말인가⋯⋯."

무연을 향해 중얼거린 주염은 조용히 용천각을 빠져나왔다.

이른 밤, 식당에서 익숙한 얼굴을 마주한 운현이 반가운 얼굴로 걸음을 빨리했다.

"소식은 들었어! 용천단원이 되었다고?"

앞에 앉은 운현이 밝은 얼굴로 말했다.

무연이 그를 향해 미소지으며 고개를 끄덕였다.

며칠간 못 봤을 뿐인데 운현의 얼굴에는 반가움이 가득했다.

"운 공자에게는 제 모습이 보이지 않는 모양이군요?"

들려오는 맑은 목소리에 운현이 화들짝 놀라며 무연의 옆에 앉은 백아연에게로 급히 고개를 돌렸다.

장난기를 머금은 미소와 울상을 지은 백아연을 보며 운현이 급히 손사래를 쳤다.

"아, 아닙니다. 무연이 친구가 워낙 덩치가 커서 소저의 모습이 잘 안 보였⋯⋯."

"장난이에요."

급히 변명하는 운현을 보고 백아연이 웃으며 말했다.

운현은 아름답게 웃는 백아연의 모습에서 안도감과 행복함을 동시에 느꼈다.

"자네와 나는 소속이 달라 이제 보기 힘들겠지만, 어쨌든 잘되었네."

운현이 무연을 보며 말하자 무연이 고개를 끄덕였다.

"그런데 감찰 조직이라니⋯ 자네는 어떻게 생각하나?"

운현의 질문에 무연이 말했다.

"아직은 모르겠군. 맹주의 눈이 생각보다 밝거나, 아니면 그 뜻 그대로겠지."

무연의 말을 이해한 운현이 인상을 굳히며 고개를 끄덕였다.

눈이 밝다는 뜻은 맹주 역시 무림맹에 속해선 안 될 자들이 속해 있음을 눈치챘다는 뜻이었다.

만약 그것이 사실이라면 이번 용천단의 창단은 무연과 운현에게는 희소식이라 할 수 있었다.

"그럼, 차라리 잘된 것 아니야?"

운현의 질문에 무연이 고개를 저었다.

"지금 용천단은 어린아이의 손에 들린 단도와 같은 상태야."

"단도와… 같은?"

"그래. 맹주와 단주가 최초 명령권을 가지고 있으니 우리는 그들의 명령을 받아 감찰을 시작하겠지."

"아……."

그제야 무연의 말을 이해한 운현이 더욱 심각해진 표정으로 말했다.

"그렇다는 건……."

말없이 고개를 끄덕인 무연의 모습에 운현이 심각한 표정을 지었다.

조용히 듣던 백아연이 당최 알아들을 수 없는 그들만의 대화에 답답함을 느끼고 인상을 썼다.

이를 발견한 운현이 표정을 풀며 말했다.

"아, 미… 미안합니다."

"아니에요. 두분도 두분만의 대화가 필요하니까요."

빙긋 미소지으며 말하는 백아연에 운현이 저절로 작아졌다.

단 한번도 여성에게 마음을 준 적이 없는 운현의 색다른 모습이었다.

사라진 운현을 찾아온 화설이 눈을 동그랗게 뜨고 백아연을 바라보았다.

"누구지……?"

화설의 물음에 화설중이 옆에 서며 말했다.

"아마, 이번 새로 창단된 용천단 단원 중 한명일 거야. 백월문의 백아연이란 여인 같던데?"

의외로 백아연에 대해 잘 아는 화설중에 화설의 고개가 홱 돌아갔다.

어디선가 느껴지는 강렬한 시선에 화설중이 고개를 내려다보았다.

화설이 날카로운 눈매로 화설중을 보고 있었다.

"나머지 무인들에 대해서도 자알 알겠군요?"

"으…웅? 아… 알지. 물론!"

"말해보시죠. 오라버니?"

"아… 음… 그게 한소진이란 소저도… 백하언이라는 소저도… 그리고……."

용천단원 중에서도 여인만 알고 있던 화설중이 차마 화설을 쳐다보지 못한 채 시선을 돌렸다.

화설이 고개를 휙 돌렸다.

"하여간 남자들은……."

화설은 투덜대면서도 백아연을 바라보았다.

그녀를 바라본 화설은 인상을 찌푸렸다.

애석하게도 백아연은 화설이 보아도 상당한 미인이었다.

그때, 백아연의 옆에 앉은 익숙한 얼굴을 발견한 그녀가 화설중을 툭툭 쳤다.

"어? 어! 왜?!"

갑자기 자신을 치는 행동에 화들짝 놀란 화설중은 화설이 가리킨 곳을 바라보았다.

그도 아는 얼굴이 보였다.

"무 공자로군… 역시 무 공자도 용천단원이 된 것인가?"

"역시 무 공자도 되었네요?"

어느새 다가온 모용현이 화설중의 뒤에서 무연을 보며 말했다.

모용현의 뒤에 다가온 남궁청이 무연을 발견했다.

"그가 불합격했다면 용천단원이 된 자는 아무도 없었겠지."

남궁청의 말에 모두가 조용히 공감하며 고개를 끄덕였다.

사혈문주를 단신으로 쳐죽인 것이 무연임을 알고 있는 그들이었다.

용천단원이 아니라 무림맹의 장로직을 얻는 것도 무연에게 무리가 아닐 거라 생각했다.

그들은 무연과 대화를 나누는 운현에게로 다가갔다.

운현이 화설중과 나머지 일행들을 반갑게 맞이했다.

그들은 함께 식사를 나누었다.

"만약 용천단이 혈교의 세력으로부터 무림맹의 세력을 약화시키기 위한 맹주의 전략이라면… 그땐 어떻게 할거야?"

늦은 밤 무연을 만난 운현이 조용히 물었다.

"맹주와 용천단 둘 다…….."

파각!

무엇인가 부서지는 소리가 허공에서 들려왔다.

"없애야지."

바람이 불어왔다.

무연의 손바닥에서 잘게 부서진 돌조각들이 흩날렸다.

권도마수(拳道魔手)

"모두 모였나?"

용천단주, 도원의 말에 무연이 뒤를 돌아보았다.

용천단에 입단하여 첫 일정을 갖게 된 단원들이었다.

단원복을 갖춰 입은 백아연, 백건, 백하언, 이범, 장혁, 장현, 우윤섭 그리고 한소진이 그를 보며 도열해 있었다.

그들의 모습을 하나하나 확인한 무연이 고개를 들어 도원을 바라보았다.

"용천부단주 무연을 포함한 단원 구(九)인, 전부 집결했습니다."

"그래! 오늘은 용천단원으로서의 첫 일정이다! 너희도

알다시피 용천단은 무림맹의 감찰조직이다. 무림맹에는 처음으로 생긴 감찰조직이지. 그렇기에 너희가 제대로 된 임무 수행을 위해선 강해져야 한다. 무림은 곧……."

주먹을 들어올린 도원이 미소지었다.

"힘으로 모든 걸 시작하니 말이다."

도원이 용천단원과 함께 향한 곳은 용천각에 존재하는 연무장이었다.

그곳에는 이미 누군가 먼저 와 있었다.

거대한 덩치와 그의 무복 위로 드러난 거대한 근육이 용천단원을 향해 엄청난 위압감을 자랑했다.

"늦었군."

"아직 말씀드린 시간이 채 되지 않았습니다."

등을 돌리고 서 있던 그가 몸을 돌려 용천단원과 도원을 바라봤다.

무수한 상처 자국과 함께 드러난 세개의 선명한 상흔.

그 상흔은 중년의 남자의 왼쪽 눈에 새겨져 있었다.

이 때문인지 그는 한쪽 눈만 치켜뜬 채 용천단원을 바라보았다.

그를 발견한 무연이 눈매를 살짝 좁혔다.

어디선가 본 적이 있는 얼굴이었다.

"용천 단주가 되었다고? 너도 이제 단주를 맡게 되었구나."

"과찬이십니다."

은근한 기세를 뿜어내는 중년 남자에게 도원은 여유로운 미소를 보이며 웃었다.

무연은 중년의 남자에게서 뿜어져나오는 기세가 전혀 약하지 않음을 알 수 있었다.

오히려 그 기세에 의해 가만히 서 있는 도원의 몸이 살짝 밀려날 정도였다.

그 수준도 알 만했다.

'이 정도면 초절정에 근접한 수준이겠군.'

초절정.

무림에서도 몇 안 되는 강자 중의 강자를 뜻했다.

예상보다 훨씬 뛰어난 수준의 무인이 용천단원을 기다리고 있었다.

그는 도원에게 흘리던 기운을 거두며 무연을 시작으로 용천단원을 훑어보았다.

그러던 그의 시선이 다시 무연에게로 향했다.

"네 이름이 무엇이냐?"

중년 남자의 물음에 무연이 짤막하게 대답했다.

"무연입니다."

눈매를 좁히며 다가온 중년의 남자는 위아래로 무연을 훑어보았다.

무인 사이에서는 상당히 무례한 행동이지만, 그는 전혀 신경 쓰지 않았다.

무연을 훑어보다가 이내 입을 열었다.

"잠시 따라오너라."

남자가 중앙연무장의 중심부로 향하자 무연이 군말 없이 그의 뒤를 따라갔다.

중심부에 마주하자, 중년의 남자가 돌연 몸을 무연 쪽으로 돌리며 주먹을 휘둘렀다.

그의 어깨가 움직이는 순간, 무연이 팔을 들어올렸다.

순식간에 내력을 끌어올린 무연의 오른팔과 중년 남자의 주먹이 맞부딪쳤다.

툭—!

팔을 부러뜨릴 듯 강하게 주먹을 뻗은 중년의 남자가 맹렬한 기세와 달리 가볍게 무연의 팔을 툭— 쳤다.

그 모습을 지켜보던 백아연이 한숨을 길게 내쉬었다.

순간적으로 느껴진 중년 남자의 기운이 어마어마했기 때문에 어쩌면 무연이 다칠지도 모른다는 생각을 했다.

"너……."

아주 작게 들려온 중년 남자의 목소리에 무연이 묵묵히 바라보았다.

그들을 지켜보던 도원과 용천단원은 느끼지 못했지만, 중년 남자는 기운을 걷을 생각이 없었다.

오히려 있는 힘껏 무연을 치려고 했다.

그러나 기운이 오름과 동시에 무연이 반사적으로 기운을 끌어냈다.

뻗어오는 중년 남자의 주먹에 담긴 내력이 무연이 뿜어

낸 무형지기(無形之氣)에 의해 상쇄되어 버린 것이다.

물론 무연을 다치게 하고자 마음먹고 내력을 담았다면 이리 쉽게 상쇄되진 않았을 것이다.

그러나 중년의 남자가 받은 충격은 결코 적지 않았다.

은근히 자신의 수준을 꿰뚫어 보는 무연이 괘씸하기도 했다.

그가 가진 선명한 존재감의 정체가 궁금하기도 하여 불러내 실력을 보고자 했던 것이다.

오히려 자신의 힘을 상쇄시켜버린 무연의 무형지기가 놀라웠다.

약관을 겨우 지난 듯 보이는, 아직 어리다면 어린 무연에게 힘이 상쇄된 중년의 남자는 그를 꿰뚫으려는 듯 바라봤다.

"저… 광암님. 혹시 무슨 일 있으신 겁니까?"

도원의 질문에 광암이라 불린 중년의 남자가 고개를 저었다.

"아무것도 아니다."

말을 마친 광암이 무연을 바라봤다.

무연도 묵묵히 광암을 바라봤다.

광암은 그런 무연에게서 한 인물을 떠올릴 수 있었다.

그러나 이내 고개를 저었다.

'그럴 리 없다…….'

고개를 저으며 부정했지만, 광암은 무연에게서 눈을 쉬

이 뗄 수 없었다.

"들어가도 되겠습니까?"

무연의 질문에 광암이 하릴없이 고개를 끄덕였다.

광암의 허락을 받자 무연이 원래 서 있던 자리로 돌아갔다.

돌아온 그를 보며 백아연이 물었다.

"괜찮으신가요?"

무연이 고개를 끄덕이며 답했다.

"괜찮아."

용천단의 부단주가 된 무연은 직급에 의해 모두를 하대했다.

그것이 너무도 자연스러워 모두들 무연이 하대하는 것을 당연하게 여겼다.

"내 이름은 광암이다. 사람들은 나를 권도마수(拳道魔手)라 부르지."

모두가 깜짝 놀란 눈으로 광암을 바라보았다.

권도마수(拳道魔手)라 불리는 자.

일찍이 권각술에 재능을 보였으며, 기연을 만나 엄청난 성취를 이루었다.

정사대전 당시 마교의 이름 있는 고수들을 두 주먹으로 박살낸 자였다.

권사들과 무인들에게는 경외와 존경의 대상으로 손꼽히는 자였다.

무림에서도 내놓으라 하는 강자 중 한명이었다.

그런 자가 자신들의 앞에 서 있다는게 믿기지 않는 듯 장혁과 장현이 놀란 눈과 입을 다물지 못하고 광암을 바라보았다.

광암을 존경 어린 눈으로 보는 용천단원들의 뒤에서 도원이 미소지으며 말했다.

"그리고 너희들이 스승 될 분이다."

"네……?"

무연과 한소진을 제외한 이들이 믿기지 않는 눈으로 바라봤다.

그런 그들의 불신을 종식시키려는 듯 광암이 그들에게 다가오며 말했다.

"그래. 아직 나약한 네놈들을 위해, 특별히 초빙된 너희들의 무공 스승이다."

빙긋 웃는 광암을 보며 모두의 얼굴이 멍해졌다.

* * *

"진심이냐?"

담백이 설영을 보며 물었다.

설영은 말없이 고개를 끄덕였다.

그 모습에 담백이 인상을 쓰며 앞에 있는 한가장을 바라보았다.

"여긴… 어쩐 일로……?"

한종우가 난처한 표정으로 설영과 담백을 바라보았다.

분명히 한소진의 신분패를 받아갈 때만 하더라도 절대로 그녀를 밖에 내보이거나 자신들이 찾아왔던 일을 밖에 누설하지 말라던 이들이다.

그렇게만 한다면 한가장에는 아무런 일도 없을 거라 했다.

그들이 갑작스럽게 한가장을 찾아온 것이다.

"잠시 몸을 의탁할 곳이 필요해서 찾아왔소."

설영의 말에 한종우의 표정이 굳어졌다.

정체를 알 수 없는 이들을 장원으로 끌어들이는 것이 썩 내키지 않았다.

무심한 표정의 설영과 거대한 덩치로 항상 인상을 쓰고 다니는 담백을 보고 있노라면, 쉽사리 말을 거절할 수 없었다.

변명거리를 생각하고 있던 한종우는 급히 그에게 달려오는 노인을 발견했다.

"무슨 일인가……?"

나이도 먹을 만큼 먹은 운 노인이 땀을 뻘뻘 흘리며 빈약한 다리로 달려왔다.

한종우가 인상을 쓰며 물었다.

운 노인은 숨도 돌릴 틈 없이 한종우의 소맷자락을 붙잡고 말했다.

"아가씨… 아가씨가 위험하네……!"

"뭐… 뭐야?!"

운 노인의 말에 한종우가 급히 자리를 박차고 달려갔다.

한종우가 떠나고 접객실에 남겨진 설영은 떠나는 뒷모습을 보며 자리에서 일어섰다.

"어쩌려고?"

일어서는 설영을 보며 앉아 있던 담백이 물었다.

"운 노인이 말하는 아가씨는 한소진이라는 여인일 거다."

"그런데?"

왜 그러냐는 투의 물음에 설영이 잠시 담백을 내려다보았다.

왜인지 자신을 한심스럽게 보는 설영에 담백이 인상을 팍— 쓰며 자리에서 일어섰다.

"뭐야! 왜 그렇게 기분 나쁘게 쳐다보는 거야?"

격하게 외치는 담백을 보며 설영이 작게 한숨을 내쉰 뒤 입을 열었다.

"한소진의 신분을 누가 쓰고 있는지 잊은 거냐?"

"그야… 주군이시지……."

"그래. 그런데 저 한소진이라는 여인에게 무슨 변고라도 생기면 아가씨의 신분에도 문제가 생길 수 있어. 그러니 내가 가서 살펴보려는 거다."

"아……."

그제야 납득한 듯 담백이 고개를 끄덕였다.

설영이 담백을 이끌고 한종우가 달려간 곳으로 발걸음을 옮겼다.

도착한 곳은 장원에서도 가장 동떨어진 별채였다.

별채에서 한종우의 곡소리가 들려왔다.

"소진아! 소진아!"

설영이 급히 별채의 문을 열고 들어갔다.

평소라면 기별도 없이 불쑥 들어온 설영에게 무례함을 느꼈겠지만, 지금 한종우는 숨을 헐떡이는 한소진밖에 보이지 않았다.

"허억… 허억……!"

숨을 헐떡이며 힘겹게 호흡하는 한소진을 내려다보던 설영.

신형을 낮춰 그녀의 손목에 손을 댔다.

갑작스럽게 손목을 잡는 설영을 제지하려던 운 노인을 한종우가 막아섰다.

눈을 감고 한소진의 맥을 짚던 설영이 내력을 끌어올려 상태를 확인했다.

한동안 눈을 감고 있던 설영이 조용히 눈을 떴다.

"어떻게 된 거야?"

담백의 물음에 한종우과 운 노인의 시선이 설영에게로 향했다.

모두 같은 궁금증을 품고 있었다.

"오음절맥(五陰絕脈)."

짤막한 설영의 말에 담백이 눈을 크게 뜨며 한소진을 내려다보았다.

"오음절맥? 허……."

담백의 측은한 목소리에 한종우가 급히 설영의 소맷자락을 부여잡았다.

"어떻게… 어떻게 방법이 없는 겁니까?!"

한소진이 다른 사람들과는 다른 체질을 가지고 있음을 알고 있던 한종우였다.

그 체질을 결코 바꿀 수 없다는 사실도 알았다.

그러나 한종우, 그는 아버지였다.

딸 가진 아버지로서 그녀를 저 모진 운명 속에서 구하고 싶어 하는…….

숨을 헐떡이던 한소진이 가늘게 뜬 눈으로 설영을 보았다.

담백이 그런 그녀의 모습에 인상을 쓰며 고개를 저었다.

땀방울이 송글송글 맺힌 얼굴로 가쁘게 숨을 쉬는 모습이 처연하게 느껴졌기 때문이다.

"없다."

단호하게 말하는 모습에 담백이 눈을 동그랗게 뜨고 설영을 보았다.

설영이 평소 감정이 메마른 사람처럼 단서연의 일을 제외하고는 모든 것에 무심하다는 것은 담백 역시 알고 있었다.

설마 당사자 앞에서 방법이 없다고 단호히 말할 줄은 몰랐던 것이다.

담백은 설영의 어깨를 붙잡으며 말했다.

"아니, 정말 방법이 없는 거야?"

성을 내며 말하는 담백에게 설영은 눈길도 주지 않으며 말했다.

"오음절맥은 타고난 체질이다. 이를 바꾸는 건 거의 불가능해. 전설 속에서나 나온다는 구엽자지선란실(九葉紫枝仙蘭實)이라도 구해오지 않는 이상, 오음절맥의 치료법은 없다. 게다가 알 수 없는 희귀병까지 동반하고 있으니, 오음절맥을 치료하더라도 살아남긴 힘들 거다."

너무도 차갑고, 단호한 설영의 말에 모두가 낙심하고 있을 무렵.

힘없고 가냘픈 목소리가 들려왔다.

"그럼, 저는 얼마나 살 수 있죠?"

설영이 고개를 내려 한소진을 보았다.

입술이 메마르고, 얼굴이 창백했다.

몸 안의 기력이 너무도 상하여 눈에는 총기를 잃었다.

생기가 점점 사라져가고 있었다.

"기껏 해봐야 반년. 그마저도 많이 살았다 할 수 있겠지."

"그런가요……?"

"그래."

사실상 반년이 남은 시한부 인생이 되었음에도 한소진은 미소를 지었다.

누구든 자신의 삶이 반년밖에 남지 않았다고 하면 절망하거나, 좌절하거나, 슬퍼하는 게 대부분일 것이다.

그러나 한소진은 달랐다.

오히려 미소지으며 아버지인 한종우를 바라보았다.

"그래도 아직 가족들을 볼 수 있는 날이 많이 남았네요……."

말하면서도 웃는 한소진.

한종우가 닭똥 같은 눈물을 흘리며 딸을 끌어안았다.

운 노인도 그와 함께 눈물을 흘리며 한소진의 손을 부여잡았다.

모두가 눈물을 흘릴 때.

설영이 조용히 별채를 빠져나왔다.

그 뒤로 담백이 따랐다.

"네놈은 가끔 보면 너무 매정하단 말이야."

"너와 아무런 관련도 없는 이에게 왜 그렇게 마음을 쓰는 거냐?"

정말 모르겠다는 듯 묻는 설영에 담백이 잠시 고민하더니 이내 성을 내며 말했다.

"당연히 불쌍하잖아! 꽃다운 나이에 오음절맥에 의해서 제대로 된 삶도 못 살고. 밖은커녕 저 작은 별채에 갇혀 있는게 불쌍하지도 않냐?!"

성을 내는 담백을 보며 설영이 고개를 저었다.

"가끔 보면 네놈이 정말로 신교도가 맞는지 의심스러울 때가 있다."

설영의 말에 담백이 뜨끔하여 말했다.

"내… 내가?! 내가 신교도가 아니면 누가 신교도야?!"

큰 덩치를 산만하게 움직이며 항의하는 담백을 뒤로하고 설영이 별채를 바라보았다.

한소진의 오음절맥.

처음엔 희귀병이라 하여 치료가 불가능하지만 생명에는 지장이 없다고 생각했다.

하지만 지금 맥을 짚어보니 한소진의 생명은 얼마 가지 못할 듯했다.

사실, 설영이 말한 반년도 최대치를 높여 말한 것이다.

저대로 계속 체력이 떨어져간다면, 그녀는 반년은커녕 석달을 넘기기 힘들 것이다.

문득 설영이 고개를 들어 담백을 바라보았다.

"어쩌면 이곳에 몸을 의탁할 좋은 방법이 될 수도 있을 것 같군."

"좋은 방법?"

"그래."

성큼성큼 걸어간 설영이 별채의 문을 열었다.

여전히 한종우는 한소진을 붙잡고 눈물을 흘리며 미안하

178

다는 말만 중얼거렸다.

그들에게 다가간 설영이 한종우를 보며 말했다.

"한가지, 조금이나마 그 여자의 수명을 늘리는 방법이 있다."

설영의 말에 한종우가 번뜩 고개를 치켜들었다.

그는 눈물로 인해 붉게 상기된 두눈을 부라리며 설영을 보았다.

"그, 그런 방법이 있는 겁니까?!"

한종우의 간절한 물음에 설영이 고개를 끄덕였다.

"일시적이지만 일정 수준의 내력을 주기적으로 주입해 혈을 자극한다면, 오음절맥으로 인한 고통이나 체력의 손실을 막을 수 있을 것이다."

"그런게 가능한 겁니까?"

"그래. 대신 의학과 혈도 그리고 높은 수준의 내공을 지닌 자여야만 한다."

"그런 자가 있습니까?"

의학과 혈도에 대한 지식 그리고 높은 수준의 내공이란 삼박자를 고루 갖춘 무인이 얼마나 있을까.

한종우가 설영을 보며 물었다.

과연 그런 자가 있느냐고.

그러자 설영이 손을 들어 자신을 가리켰다.

"여기."

손목에 붕대를 감던 한소진.

아니 그녀의 신분을 빌려 쓰는 단서연은 저 멀리서 조용한 날갯짓으로 다가오는 한마리의 매를 발견했다.

적갈색의 깃털을 가진 매는 유연하게 하늘을 날아오르다가 단서연을 발견하곤 빠르게 하강했다.

자신의 품에 조용히 내려앉은 매의 머리를 만져주던 단서연.

발목에 메여 있는 서신을 발견했다.

단서연이 곱게 접혀 있는 서신을 펼쳐 읽기 시작했다.

주군. 설영입니다. 저희는 현재 하남의 북쪽에 위치한 한가장에 있습니다. 주군이 계신 무림맹과도 그리 멀지 않고, 신분을 빌린 한소진이라는 여인이 있는 곳이기 때문에 이곳에 자리를 잡았습니다. 언제든 저와 담백의 도움이 필요하시면, 매곡(昧哭)에게 서신을 보내주십시오. 그럼 부디 강녕하십시오.

서신의 주인공은 설영이었다.

한가장에 자리를 잡은 소식을 보낸 것이다.

단서연은 답문은 따로 하지 않은 채 허공으로 매곡을 날렸다.

매곡은 하늘로 날아올라 한동안 단서연의 머리 위에서

원을 그리며 날다가 이내, 왔던 길을 향해 날갯짓했다.

멀어져 가는 매곡을 보던 단서연은 자신의 손바닥을 내려다보았다.

굳은살마저 찢어져 피가 흐르던 손바닥.

그녀의 시선이 창문 넘어 저 멀리 위치한 연무장을 향했다.

몇 시진 전.

"이리 약해빠져서 어디! 이 험한 무림에서! 살아남을 수 있겠나?!"

광암의 수업 방식은 독특했다.

아니 독특하다 못해, 충격적이었다.

성인 걸음을 기준으로 가로 50보, 세로 50보인 정사각형의 연무장.

용천단원들은 저마다의 병장기를 고쳐 잡으며 원형으로 선 뒤 광암을 노려보았다.

광암이 그들에게 내건 첫번째 수업의 완료 조건은 자신에게 상처를 입히는 것이다.

어찌 보면 단순한 조건이지만, 상대는 초절정의 고수다.

용천단원이 감히 건들 수도 없는 자였다.

그리고 시작된 광암의 공격.

아니 공격이기보다는 거의 폭행에 가까웠다.

첫 희생자가 된 자는 장혁이었다.

맹에서 새로 지급받은 도를 꺼내든 장혁이 광암을 향해 호기롭게 달려들었다.

빠르게 광암에게 쇄도해나간 장혁.

그러나 장혁은 달려가던 속도보다 두배는 빠른 속도로 뒤로 튕겨 날아갔다.

단 한수. 광암의 단 한번의 휘적임에 날아간 것이다.

땅에 쓰러져 부들대는 장혁을 보며 장현이 눈을 찌푸렸다.

"이걸 어떻게……."

말이 끝나기가 무섭게 장현을 향해 광암이 달려들었다.

덩치와는 맞지 않게 아주 가볍게 날아든 광암이 연무장 바닥으로 발을 내리찍었다.

쿵—!

묵직한 소리와 함께 장현은 몸이 떠오름을 느꼈다.

광암이 발로 땅을 내리찍어 생긴 충격파가 장현의 몸을 공중에 띄운 것이다.

"이런……."

자신의 운명을 직감한 것일까.

장현은 별다른 저항 없이 두눈을 곱게 감았다.

이어 광암의 주먹에 맞은 장현의 신형이 공중에서 두 바퀴를 돌며 바닥에 떨어졌다.

그 역시 장혁과 마찬가지로 단 한수에 몸을 부들대며 쓰러졌다.

순식간에 장혁과 장현이 쓰러졌다.

이를 보던 백건이 눈매를 좁혔다.

'힘을 아끼고 있다. 아무래도 어린 무인들이라 생각하여 조절하는 거겠지.'

생각을 마친 백건이 검을 고쳐쥐고 광암에게 빠르게 달려갔다.

그 뒤로 백하언이 소맷자락을 펼쳤다.

광암은 멀리서 소매를 펼치는 백하언의 손목 부근에 희미하게 반짝이는 여러 갈래의 실을 발견했다.

'호오! 은사인가?'

백하언의 은사에 광암이 흥미롭게 반응했다.

은밀하게 다가온 백건의 검을 바라보았다.

다가오는 속도가 수준급이었다.

한치의 망설임도 없이 급소를 향해 찔러 들어오는 검도 수준급이었다.

'높은 수준의 무인들이라더니… 틀린 말은 아니군.'

캉!

"크윽!"

백건이 뒤로 밀려났다.

도저히 검과 사람의 손이 부딪쳐서 난 소리라고는 믿기지 않을 만큼 청아한 소리가 연무장에 울려퍼졌다.

뒤이어 광암의 신형이 백건의 코앞으로 순식간에 다가왔다.

백건 역시 다가올 것을 예상하고 몸을 뒤로 뺐다.

하지만 바로 붙어선 광암이 멀어지는 속도와 거의 같은 속도로 따라붙자, 백건이 위에서 아래로 검을 쳐올렸다.

하지만 쳐올리려던 검은 아래에서 막혀버렸다.

광암의 발바닥에 막힌 검이 거대한 쇳덩이에 짓눌린 듯 들어올려지지 않았다.

"일단 세명⋯⋯."

검이 제압된 백건을 향해 광암이 주먹을 들어 내리쳤다.

그러나 주먹은 백건의 머리 바로 위에서 멈추었다.

어느새 은사가 백건의 머리 위에 거미줄처럼 펼쳐지며 광암의 손을 막은 것이다.

"흠, 훌륭한 지원이었다!"

"어? 꺄악!"

무복 자락을 휘날리며 백하언이 공중을 날았다.

백하언의 은사를 맨손으로 부여잡은 광암이 그대로 잡아 당긴 것이다.

광암을 향해 날아오는 백하언을 보며 손을 들어올렸다.

백건이 짓눌린 검을 놓으며 광암의 멱을 노리고 손을 뻗었다.

어차피 이 수업의 끝은 광암의 몸에서 상처가 생기는 순간이다.

손끝에 내력을 주입한 백건의 손가락이 광암의 가슴에 닿았다.

"흐읍!"

힘을 주어 광암의 가슴에 닿은 손을 갈퀴 모양으로 만들어 내리 긁었지만, 광암의 몸에는 아무런 상처도, 흔적조차도 남지 않았다.

'호신강기(護身强氣)?'

자신의 내력보다 강력한 호신강기에 의해 광암의 몸에 상처 하나 못 낸 백건이 인상을 굳혔다.

'호신강기 만으로 내 공격을 상처 하나 없이 막아냈다는 건가!'

상식적으로 이제 막 맹에 도착하여 용천단원이 된 그들이 무림의 영웅으로 칭송받는 광암을 쓰러뜨리는 것은 불가능했다.

상처 하나라도 입히는 것을 조건으로 세웠지만, 호신강기가 그들의 내력이 깃든 공격보다 강하다면 무슨 의미가 있겠는가.

"끅!"

가볍게 내리친 광암의 손날에 맞은 백하언이 바닥에 내리꽂혔다.

뒷목을 맞은 탓일까.

백하언의 몸이 추욱 늘어졌다.

"쳇!"

공격이 실패하자 백건이 뒤로 물러섰다.

그러나 눈 한번 깜짝하는 사이 광암의 모습이 사라졌다.

"어디를…….."

"뒤… 뒤야!"

우윤섭의 외침에 백건이 뒤를 돌아봤다.

하지만 시야에 보인 것은 광암의 얼굴이나 몸이 아닌, 주먹이었다.

털썩 소리를 내며 쓰러진 백건의 뒤로 이범과 백아연, 한소진, 우윤섭 그리고 무연만 남았다.

남은 다섯명을 향해 고개를 돌린 광암이 싸늘하게 미소지었다.

"자, 이제는 누구 차례냐?"

남은 무인은 다섯.

무연은 조용히 서서 광암을 지켜보았다.

광암의 고강한 무공실력, 도저히 이곳에 있는 용천단원이 이길 수 있는 상대가 아니었다.

"자, 이제는 누구 차례냐?"

광암의 질문에 이범이 도를 들어올렸다.

'어차피 물러설 수 있는 상황은 아니니…….'

내력을 끌어올린 이범의 도에서 희미한 기운이 감돌기 시작했다.

'전력으로 부딪친다.'

자신과 비슷한 수준이라 여겼던 백건이 반항 한번 못해보고 쓰러졌다.

자신이라고 다를 것 없을 것이다.

그러니 단 한번의 휘두름에 모든 걸 쏟아부어야 한다고 생각했다.

이범이 자신이 낼 수 있는 최강의 검을 준비했다.

태령환도(太領換刀)

자신이 배운 유일한 무공이자 도법(刀法)이었다.

처음이자 마지막 공격을 준비하는 이범의 옆에 백아연이 섰다.

우윤섭 역시, 이범의 왼편에 서며 검을 들어올렸다.

"할 수 있겠나?"

이범은 뒤에서 들려오는 무연의 목소리에 고개를 돌렸다.

무연은 이범에게 다가와 그의 앞에 섰다.

"성공한다면 가능할 거야."

이범의 대답에 무연이 고개를 끄덕였다.

무연의 무복 자락이 스멀스멀 움찔거리더니 펄럭이기 시작했다.

점점 느껴져오는 무연의 기운에 광암이 미소지었다.

이곳에 선 용천단원 중 가장 으뜸인 기운이었다.

그러나 진짜 자신을 노리는 자는 따로 있었다.

왼발을 앞으로 내민 광암이 말했다.

"도(刀)를 든 아이야. 할 수 있겠느냐?"

"피하시지 않는다면 할 수 있습니다."

어찌 보면 오만하고 건방져 보일 수 있지만, 광암은 이범의 자신감에 손뼉을 쳤다.

"그래. 응당 사내라면 그 정도의 담(膽)은 있어야지!"

광암이 기운을 담아 한발짝 내딛었다.

돌을 깎아 만든 연무장의 바닥에 쩌적— 하고 금이 갔다.

동시에 흉포한 기운이 나머지 다섯명의 용천단원을 압박했다.

"오늘따라 더 진지하시군……."

혼절한 용천단원들을 연무장 밖으로 옮긴 도원이 광암을 바라보았다.

원래도 성격이 불같긴 했지만, 아직 어린 무인들을 상대로 이리도 흥분한 것은 처음이었다.

처음 보는 광암의 모습에 도원의 시선이 자연스럽게 무연에게로 향했다.

'용천단원들을 초기에 잡아두시려는 건가…….'

알 수 없는 광암의 의도에 도원이 걱정 어린 시선으로 남은 용천단원을 바라보았다.

아무리 생각해도 그들이 진지하게 마음을 먹은 광암의 몸에 상처를 낼 수 있을지 걱정이었다.

하지만 그런 걱정 뒤에 기대감이 고개를 내밀었다.

'어쩌면…….'

도원의 시선이 용천단원에게로 향했다.

"한소진."

천소단원의 입단 시험을 치르기 위해 만난 뒤로 처음 자신의 이름을 부른 무연에 한소진이 고개를 돌렸다.

무연은 한소진을 향해 말했다.

"너와 내가 뚫는다."

상당히 간결한 작전이었다.

하지만 그 안에 내포된 뜻이 무엇인지 한소진이 모를 리가 없었다.

광암과 이범이 격돌하기 전, 광암의 호신강기와 방어 혹은 공격을 뚫고 빈틈을 만들어야 했다.

그 역할을 무연 자신과 한소진이 맡기로 한 것이다.

무연의 의도를 알아챈 한소진이 고개를 끄덕였다.

"백아연과 우윤섭은 이범을 보조한다. 나와 한소진이 실패하면 그 뒤로는 너희가 맡아."

"네."

"알겠소."

무연의 말에 백아연과 우윤섭이 이현의 옆에 붙었다.

용천단원이 모두 준비가 된 듯하자 광암이 슬슬 움직였다.

한걸음, 한걸음 거대한 존재감을 나타내며 걸어오는 광암.

무연이 양팔을 허리 높이로 올리며 말했다.

"가자."

무연의 신형이 쏘아지듯 앞으로 나아갔다.

그 뒤로 한소진이 검을 뽑아 들고 나아갔다.

둘 다 엄청난 속도로 다가오자 광암이 웃으며 오른발을 높이 들었다.

“오거라!”

꽝!

바닥으로 내리꽂힌 광암의 오른발.

동시에 연무장의 바닥이 터져나가며 수많은 파편이 무연과 한소진에게로 날아들었다.

시야를 차단하고, 다가오는 속도를 줄이기 위한 광암의 수였다.

날아드는 돌조각을 보며 무연이 두팔을 움직였다.

곧, 바위 조각들이 잘게 부서졌다.

한소진은 검을 들어 바위 조각을 잘라내거나 쳐냈다.

광암을 향해 돌진하는 무연과 한소진을 보며 이범이 도를 쥔 손에 힘을 주었다.

‘한걸음 나아갈 땐, 조용하고 간결하게.’

이범의 오른발이 바닥을 쓸며 앞으로 나아갔다.

돌을 쳐내며 다가온 무연의 주먹이 광암에게 닿았다.

그러나 곧 반발력에 의해 튕겨나왔다.

그에 의해 벌어진 무연의 가슴을 향해 광암이 주먹을 찔러넣었다.

그러다 광암은 주먹을 급히 회수하며 허리를 돌렸다.

왼팔로 **빠르게** 베어오는 한소진의 검을 쳐냈다.

세걸음씩이나 밀려난 한소진이 눈살을 찌푸렸다.

최대한 힘을 주어 베었건만, 상처는커녕 왼손바닥에 맞은 검이 부들거렸다.

검을 쥔 그녀의 손바닥에선 피가 새어나왔다.

'한수에 손바닥이 찢어질 정도의 힘이라니…….'

한소진은 급히 뒤로 몸을 튕겼다.

콰앙—!

폭음과 함께 한소진이 서 있던 곳에 광암의 발뒤꿈치가 내리찍혔다.

터져나가는 연무장의 바닥 사이로 무연이 광암에게 파고들어 갔다.

광암이 신형을 비틀며 오른 주먹을 허공에 쳤다.

'영왕도권(靈王導拳) 압도(壓倒).'

광암의 수를 알아챈 무연은 급히 반응하며 뒤로 물러섰다.

바람을 터트리며 날아든 광암의 권기(拳氣)에 무연이 양팔을 들어올렸다.

쿵!

소리와 함께 무연의 신형이 저 멀리로 튕겨나갔다.

'도를 쥔 손은 가볍게.'

허리를 비틀며 이범이 도를 쥔 손에 힘을 주었다.

곧 희미하던 이범의 도기가 형태를 갖춰가며 도신을 감

쌌다.

그 모습을 보던 도원이 눈을 부릅떴다.

"저 나이에, 도강(刀强)의 초입에 들다니……!"

희미하여 흔들거리는 도강(刀强)에 불안한 느낌이 없진 않았다.

분명 이범의 도신을 감싸며 형태를 갖춰가는 것은 강기(强氣)였다.

광암이 살짝 놀란 눈으로 튕겨진 무연을 바라보았다.

비록 최대로 끌어올린 내력으로 친 건 아니었지만, 설마하니 자신의 권기를 맞고 쓰러지지 않을 줄은 몰랐던 것이다.

눈매를 좁히며 무연을 바라보던 광암은 거세게 날아드는 검날에 고개를 뒤로 젖혔다.

스응—!

빠르게 다가온 한소진의 검이 광암의 뺨을 거의 닿을 듯 스쳐갔다.

'빠르고, 망설임이 없다.'

누구나 목숨을 취해야 하는 싸움이 아니라면, 상대에게 큰 피해를 주는 행동을 할 때 약간의 망설임이 생기기 마련이다.

자신의 공격으로 인해 상대방이 목숨을 잃을 수도 있다면 더욱 그럴 것이다.

하지만 손속에 망설임이 전혀 없는 한소진의 공격에 광

암이 눈을 빛내며 바라보았다.

"나를 베는 것에 망설임이 없구나… 게다가 겁도 없고!"

광암의 양팔이 번갈아가며 한소진을 향해 뻗어 나갔다.

한소진은 날아드는 주먹을 검을 휘둘러 쳐냈지만, 점점 광암의 주먹이 빨라지는 것을 느꼈다.

'이대로 가면 밀려난다!'

연무장의 끝까지 밀릴 위기를 깨달은 한소진이 안력을 돋구어 광암의 뻗어오는 주먹을 바라보았다.

'왼쪽, 오른쪽…….'

마음속으로 그의 움직임을 읊조리며 빈틈을 노리던 한소진.

상체를 오른쪽으로 수그리며 검을 비틀었다.

광암의 주먹이 한소진의 검신을 타고 흘러갔다.

주먹을 흘리기 위한 한소진의 수였다.

검을 급히 회수한 한소진이 수평으로 세우며 광암의 허리를 베었다.

'감촉이 없다!'

베는 감촉을 느끼지 못한 한소진이 급히 몸을 뒤로 돌렸다.

흐릿했던 광암의 신형이 잔상을 남기며 사라졌다.

어느새 한소진의 뒤에 나타난 광암이 왼발을 들어 그녀의 등을 뻥— 찼다.

"큭!"

거력(巨力)에 의해 차인 한소진의 신형이 쏘아지듯 앞을 구르며 튕겨나갔다.

무연과 한소진이 둘 다 튕겨나가자 광암의 시선이 이범 쪽으로 돌아갔다.

'담겨진 기운은 능히 태산과 견줄 만하고.'

도를 쥔 이범의 손이 부들부들 떨려오기 시작했다.

도에 점점 담기던 기운이 거세졌기 때문이다.

무연과 한소진을 튕겨낸 광암이 이범 쪽으로 고개를 돌리자 백아연과 우윤섭이 그의 앞에 섰다.

'무 공자도 못한 것을… 내가 할 수 있을까……?'

백아연이 양 주먹에 힘을 주었다.

늘 자신을 도와주며 이끌어주던 무연마저도 해내지 못한 일이었다.

하지만 이제 남은 것은 자신과 우윤섭 그리고 이범뿐이었다.

'단 한번의 기회를!'

백아연의 시선이 우윤섭에게로 향했다.

우윤섭 역시 말없이 백아연에게로 고개를 돌렸다.

마주친 시선에 둘은 고개를 끄덕였다.

땅을 박찬 우윤섭의 신형이 빠르게 광암에게로 쇄도해 나갔다.

그리고 그 뒤로 백아연이 소매를 펼치며 달려갔다.

달려가는 우윤섭의 뒤로 희미한 은빛의 은사가 뻗어나왔

 194

다.

"흐음. 느껴지는 기운이 심상치가 않구나."

이범을 보며 담담히 말하던 광암이 한 발을 내디뎠다.

아니, 그렇게 보였다.

쾅! 쾅!

두번의 울림.

우윤섭은 자신의 상황을 이해할 수가 없었다.

분명 앞에 서 있던 광암이 발을 들어 한걸음 움직였다.

그런데 그 뒤로 보인 것은 하늘이었다.

그다음은 연무장의 차디찬 바닥이었다.

"으윽!"

바닥에 내리꽂힌 백아연이 눈을 질끈 감으며 고통에 신음했다.

둘을 보던 이범이 입술을 깨물었다.

빈틈과 시간을 벌기 위해 달려갔던 우윤섭과 백아연이 한순간에 나타난 광암에 의해 바닥에 처박혔다.

눈으로 쫓을 수 없을 만큼 빠른 신법과 끝을 알 수 없는 힘.

절망할 수도 있는 상황에서 이범은 입을 굳게 다물며 어금니를 꽉 깨물었다.

'한번의 휘두름으로 천지를 베니.'

낮춰진 이범의 신형이 엄청난 속도로 광암에게 쏘아져나갔다.

광암은 쏘아져오는 이범을 보며 주먹을 휘둘렀다.

무연을 튕겨낸 영왕도권(靈王導拳) 압도(壓倒)였다.

바람을 터트리는 소리와 함께 날아오는 광암의 권기를 보며 이범이 바닥으로 낮게 신형을 낮추었다.

거의 눕다시피 몸을 낮춘 이범의 등 위로 권기가 스쳐 지나가 상의 무복이 찢겨나갔다.

광암의 권기를 피해낸 이범이 급히 앞발로 바닥을 딛으며 고개를 들어올렸다.

이제 광암의 바로 앞에 선 이범.

그는 여태껏 온 내력을 축적한 도의 손잡이를 굳게 잡았다.

'나의 앞에 감히 선 자가 없으리라.'

이범의 허리가 비틀어지며 그의 도에서 찬란한 빛이 뿜어져나왔다.

'이건 위험하군!'

찬란한 빛과 함께 반원을 그리며 베어져오는 태령환도(太領換刀)의 마지막 도(刀), 천세도(天洗刀).

연무장의 바닥이 깨끗한 절단면을 그리며 베어졌다.

"맙소사……!"

연무장과 연무장 주위의 바닥에 생긴 깨끗한 절단면.

자기 생각보다 훨씬 강한 위력에 눈을 부릅뜬 도원은 급히 이범의 앞에선 광암을 바라보았다.

주제넘은 생각이지만, 도원은 어쩌면 광암이 다쳤을지

도 모른다는 생각을 했다.

"하…젠장."

이범이 이를 갈았다.

벤 감각이 느껴지지 않았다.

허공에 흩날리는 무복 조각.

광암이 입고 있던 무복의 조각이 바람에 실려 흩날리고 있었다.

"훌륭한 베기였다."

"결국 피하셨군요."

"안 피했다면 힘 조절을 못했을 게다."

광암의 대답에 이범이 미소지었다.

천세도를 막아내려면, 발현한 천세도 이상의 속도와 힘으로 이범을 먼저 쳐야 했다.

이범의 안전을 위해선 어쩔 수 없이 피해야 했다는 말이었다.

"하… 맥 빠지네."

퍽—!

소리와 함께 이범의 신형이 연무장 바닥을 굴렀다.

이미 온 내력을 소진한 상태였으니 감히 광암의 주먹을 피할 수 없었으리라.

"이제야 네놈과 내가 남았구나."

광암의 말에 도원이 고개를 돌려 무연을 바라보았다.

분명 권기에 의해 날아간 무연이 아무렇지 않은 듯 무복에 묻은 흙먼지를 털며 광암을 향해 걸어오고 있었다.

"크…윽!"

검으로 땅을 찍고 일어난 또 다른 이가 있었다.

그를 발견한 광암이 흥미로워하며 말했다.

"아직도 설 수 있다니… 괜찮은 맷집을 가지고 있구나."

일어선 이는 바로 한소진이었다.

그녀는 검을 들어올리며 싸늘한 표정으로 광암을 바라보았다.

이후 비틀거리며 광암에게 다가가던 한소진의 신형이 퉁겨지듯 앞으로 나아갔다.

'아직 완전하진 않지만, 훌륭한 궁신탄영이군!'

한소진의 몸이 퉁겨지듯 앞으로 나아가자, 광암이 허리를 비틀었다.

한소진이 지척까지 다가오자 광암이 허리를 돌렸다.

동시에 광암은 하늘로 솟구친 그의 오른주먹을 수직으로 바닥을 향해 내리쳤다.

콰앙!

거대한 압력과 함께 바닥이 터져나갔다.

그에게 다가가던 한소진의 신형이 크게 흔들렸다.

스윽—!

엄청난 속도로 한소진에게 날아든 광암의 왼주먹.

풍압과 충격에 의해 비틀거린 한소진의 복부를 쳐올렸다.

"쿨럭!"

한소진이 약간의 피를 토해냈다.

허리가 꺾인 한소진이 고개만 들어 광암을 바라봤다.

왼주먹으로 한소진의 복부를 쳐올린 광암이 이번엔 오른손으로 얼굴을 향해 수직으로 내리치고 있었다.

"음?"

어느새 다가온 발등이 광암의 오른손을 쳐냈다.

그로 인해 궤도가 바뀐 광암의 주먹은 애꿎은 허공을 내리쳤다.

연무장의 바닥이 거력의 기운이 담긴 권풍에 의해 파여들어갔다.

한소진의 곁으로 다가온 무연이 그녀의 무복을 잡고 뒤로 던졌다.

거력의 힘에 의해 반항도 못해보고 날아간 한소진이 바닥에 누웠다.

한소진을 뒤로 빼낸 무연은 곧 다가오는 광암의 무릎을 왼손을 내리찍으며 맞부딪쳤다.

쿵!

무연의 왼손바닥에 의해 쳐내진 광암의 오른발이 바닥을 강하게 찍었다.

그로 인해 발목까지 바닥에 박힌 광암이 무연을 바라봤다.

'이놈, 보통 힘이 아니다!'

자신의 힘을 훨씬 웃돌았다.

광암의 눈이 더욱 매섭게 변했다.

급히 허리를 돌려 왼주먹을 무연의 몸통을 노리고 뻗었다.

무연이 급히 두 팔을 교차하여 광암의 왼주먹을 막았다.

펑!

북 터지는 소리와 함께 무연의 신형이 뒤로 쭈욱— 밀려났다.

무연을 밀어낸 광암은 연무장 바닥에 박힌 자신의 발을 뽑아냈다.

"네 나이엔 지닐 수 없는 힘을 지녔구나."

무연은 대답하지 않았다.

오히려 여유롭게 양쪽의 손목을 빙글 돌리며 광암을 바라봤다.

"하지만 오만은 자신의 힘을 깎아먹는 법이지."

광암의 신형이 무연의 눈앞에서 사라졌다.

도원마저 광암의 움직임을 놓쳤을 때.

무연의 시선은 이미 자신의 왼편을 향하고 있었다.

'내, 움직임을 읽는다고?'

진심을 다해 온 내력을 끌어올린 광암은 자신이 낼 수 있는 최고의 속도, 최선의 경신법을 펼쳤다.

그러나 무연은 이미 자신의 움직임을 꿰뚫고 있었다.

절정, 아니 그 이상에 달한 안력이었다.

'이놈!'

주먹을 굳게 쥔 광암의 주먹에서 회색빛 강기가 피어올랐다.

왼쪽에서 나타난 광암은 오른주먹을 무연에게로 뻗었다.

자신을 향해 엄청난 속도로 뻗어진 주먹을 무연이 오른발을 들어 차올렸다.

너무도 쉽게 튕겨나가는 광암의 오른주먹에 무연이 인상을 굳혔다.

'진짜는 따로 있었군.'

튕겨올라간 광암의 주먹.

그러나 광암이 노리는 것이 바로 이것이다.

들어올린 무연의 오른발이 땅에 닿으려면 시간이 필요했다.

두다리가 모두 땅에 붙기 전 퉁겨진 광암의 오른주먹은 맹렬한 기세와 기운으로 무연을 향해 찍어 눌러오고 있었다.

'영왕도권(靈王導拳) 일도천수(一搗穿岫).'

거대한 내력이 무연을 찍어 누르듯 덮쳐 왔다.

이를 보던 도원이 도집에서 도를 반쯤 꺼내들었다.

지금 느껴지는 광암의 기세로 봤을 때 그는 무연을 죽이려는 것 같았다.

'이건 위험하다!'

도원이 땅을 박차고 연무장으로 몸을 날렸다.

이미 늦은 걸 알았지만 어떻게든 광암을 막아 보기 위해서였다.

자신을 향해 무시무시한 기세로 덮쳐오는 광암의 주먹을 무연이 무심한 눈으로 바라보았다.

그는 들어올렸던 오른발로 바닥을 강하게 내리찍었다.

쿵!

"아……."

급히 연무장으로 달려가던 도원이 급하게 자리에 멈췄다.

어느새 무연의 이마에 닿은 광암의 주먹 쥔 손에는 강기(强氣)가 남아 있지 않았다.

"너… 대체 정체가……."

광암의 질문은 끝까지 이어지지 못했다.

무연이 제자리에 풀썩 쓰러진 것이다.

무연마저 쓰러지자 도원이 몸을 튕기며 연무장 위로 올라와 상태를 살폈다.

"괜찮을 게다."

광암의 말을 들은 도원이 길게 한숨을 내쉬었다.

"휴우. 다행입니다. 저는 광암님이 무연을 죽이기라도 하는 줄 알았습니다."

도원의 말에 광암은 묵묵히 쓰러져 있는 무연을 바라보다 이내 신형을 돌렸다.

"다음 훈련은 모레 시작하지. 내일은 오늘 대련으로 생긴 상처나 내상을 돌보라 전해라."

"알겠습니다."

묵묵히 연무장을 떠나는 광암을 보던 도원이 급히 무연과 한소진을 들쳐 멨다.

"일단 치료가 먼저겠군."

비록 광암이 힘을 조절하며 상대했다고는 하나, 어쨌든 내력과 내력의 충돌이 있었다.

내상을 입는 것은 불가피했다.

겉은 그리 큰 상처가 없다 해도 내상으로 인해 기력이 많이 쇠했을 것이다.

도원은 용천각을 보조하는 무리맹의 인원들을 불러 용천단원을 급히 의원으로 옮겼다.

연무장에서 빠져나온 광암은 오른손을 들어 보았다.

분명 자신은 용천단원에 비하면 무림의 대선배였다.

더 오래 살아왔고, 더 오랫동안 단련했으며, 더 많은 싸움을 겪었다.

그들에게 무리한 대련한 것도 힘의 격차를 느끼게 해 경각심을 이끌어내고, 앞으로 있을 훈련에 대한 굳은 마음을 지니게 하기 위해서였다.

눈을 감은 광암이 오른손을 굳게 말아쥐었다.

"흥분했군."

본분을 망각했다.

흥분했으며, 성급했다.

무연이라는 용천단원을 만난 후 느껴진 흥분.

호적수라도 만난 것처럼 두근대는 심장과 혈기를 주체하지 못했다.

"그래서 어땠나?"

들려오는 목소리에 광암이 고개를 들어보니 그곳에는 무림맹주 혜정이 뒷짐을 지고 서 있었다.

그를 발견한 광암이 급히 고개를 숙였다.

"오셨습니까?"

"용천단원과 훈련을 해보니 어땠나?"

광암이 연무장에서 있었던 대련을 혜정에게 건넸다.

묵묵히 이야기를 듣던 혜정은 용천단원이 자신들의 수준을 훨씬 뛰어넘는 광암을 상대로 어떻게 행동했는지를 들을 때마다 작은 감탄사를 자아냈다.

이후, 무연에 대해 들을 때의 혜정은 감탄과 함께 약간은 복잡한 표정을 지었다.

"용천단은 나에게 그리고 무림맹에게 어떠한 존재인지 자네도 잘 알고 있겠지?"

"그렇습니다."

광암이 고개를 끄덕였다.

처음, 용천단을 계획한 맹주에게 이미 중요성을 들었기 때문이다.

"잘 부탁하네. 광암. 자네의 손에 용천단과… 무림맹이 달려 있다 해도 과언이 아닐 테니."

"염려 마십시오."

"그리고 그 무연이라는 자. 들어보니 정보도, 정체도 미궁에 있는 자라고 하던데… 중원의 일이라면 지나가는 남정네 엉덩이의 점이 몇 개 있는지도 안다는 개방조차도 알아내지 못한 자라더군. 특별히 신경 써주게."

미소지으며 말을 건넨 혜정이 떠났다.

홀로 남은 광암이 용천각을 향해 고개를 돌렸다.

"안 그래도……."

자신의 일도천수를 막아내고 쓰러진 무연을 떠올리며 광암이 읊조렸다.

"신경 쓰이던 녀석입니다."

혼잣말을 중얼거린 광암의 눈이 반짝였다.

두번째 수업

다음 날 아침.

용천각에 모인 단원들을 마주한 도원이 인상을 찌푸렸다.

무연과 한소진을 제외한 7명의 용천단원들의 표정이 심히 안 좋았기 때문이다.

급격하게 저하된 사기에 도원이 그들을 보며 물었다.

"분위기가 상당히 안 좋구나. 어제의 대련 탓이냐?"

"아닙니다."

이범이 도원을 보며 대답했지만, 그들의 표정은 좀체 나아지지 않았다.

특히 첫번째로 쓰러진 장혁과 장현은 기가 상당히 많이 죽어 있는 상태였다.

"혹시 너희들, 권도마수를 상대로 이길 수 있을 거라 생각했나?"

용천단원들은 묵묵히 도원을 바라봤다.

도원은 용천단원들을 쭈욱 둘러보며 말했다.

"무림의 영웅이라 불리는 권도마수 광암님과 너희가 대련한 이유가 뭐라 생각하느냐?"

"힘의 격차를 깨닫게 하려는 겁니까?"

백건의 물음에 도원이 고개를 끄덕였다.

"그래. 그것도 맞다. 그럼 다른 이유는 무엇이겠느냐?"

"미리… 체험시켜준 건가요?"

"체험?"

백아연의 말에 도원이 그녀를 보며 물었다.

그러자 그녀가 조용히 고개를 끄덕였다.

"예. 앞으로 용천단원으로서 많은 무림의 인물들을 상대하게 될 텐데… 만약 저희가 맞서야 하는 사람이 광암님과 같은 고수일 때. 그때 상황을 미리 느끼게 해주신 게 아닌가요?"

"하하하!"

조심스러운 백아연의 말에 도원이 호탕하게 웃으며 용천단원을 바라봤다.

"그래! 백아연의 말이 맞다. 처음 광암님과 너희들의 대

련을 만들어낸 건 백아연이 말한 뜻과 같다. 만약 무림맹에서 용천단원이 움직여야 하는 상황이 벌어진다면, 용천단원은 누구를 상대할 것 같으냐?"

말을 마친 도원이 준비되어 있던 무림맹의 지도를 펼쳤다.

거대한 무림맹의 모습이 한눈에 들어오자 그 규모가 새삼스럽게 느껴진 용천단원이들이다.

"무림맹에는 수많은 무림 문파들이 존재한다. 그중에선 전통과 역사가 깃든 이름 있는 대문파들도 속해 있다. 그리고 각각의 문파들에는 수많은 고수들이 있지. 그들이 있기에 무림맹이 존재할 수 있었다. 그들이 있기에 중원을 노리는 수많은 세력들… 마교나 세외세력으로부터 중원을 평화롭게 지켜낼 수 있었다. 하지만."

탁자를 강하게 내리친 도원이 용천단원을 돌아보았다.

"그들 중 누가 무림맹에 해악을 가져오게 될 것 같나? 일개 문도들? 마당에 빗질을 하고 있는 평범한 맹의 일원? 아니면, 세상 물정 모르는 쭉정이?"

"……"

"전부 아니다! 우리 용천단원이 상대할지도 모르는 이들은 본신이 가진 힘이 강하거나, 거대한 권력을 가지고 있거나, 거대한 세력의 품에 속해 있는 자일 것이다. 어쩌면 광암님이 우리의 적이 될지도 모르지."

그의 말에 용천단원이 고개를 끄덕였다.

용천단원의 적이 될 수 있는 자는 무림맹에 속한 모든 무인들… 잠재적 적수가 무림맹이 될 수 있다는 말이었다.

"그렇다고 너무 걱정들은 하지 말거라. 그런 일은 없을 테니… 하지만 항상 경각심을 늦춰선 안 된다. 너희도 광암님과 싸워봐서 알게다. 그의 힘과 너희의 힘의 격차가 얼마나 심한지, 얼마나 아득한지를 말이다."

고개를 끄덕이는 용천단원을 보며 도원이 미소지었다.

"광암님과의 훈련은 내일이다. 각자들 몸 좀 추스르고 내일 있을 훈련을 준비하거라."

"네."

도원의 말이 끝나고 용천단원들은 각자의 숙소로 돌아가기 위해 자리에 일어섰다.

모든 용천단원이 자리를 비운 본당에 홀로 남은 도원은 들려오는 목소리에 고개를 들었다.

"도원. 자리에 있나?"

"광암님?"

단원이 모두 빠져나간 용천각에 광암이 찾아왔다.

도원은 갑작스럽게 찾아온 광암에 용천각에 마련된 접객실로 향했다.

광암에게 차를 건넨 도원이 자리에 앉으며 물었다.

"어쩐 일이십니까?"

"다름이 아니라 용천단원에 대한 훈련 때문에 찾아왔네."

"아, 그렇군요. 혹시 생각하고 계신게 있으십니까?"

"산악 행군을 준비하고 있네."

"산악 행군 말씀이십니까?"

도원의 질문에 광암이 고개를 끄덕이며 답했다.

"물론 평범한 행군은 아니지. 네군데로 나눠 산에 꽂아 둔 깃발을 가져와야 하니까."

"당연히 그게 전부는 아니겠군요?"

"비영단과 암영단의 협조를 받을 생각이야."

"비영단과 암영단… 암습이나 기습에 대한 훈련을 생각하시는 겁니까?"

도원의 물음에 광암이 미소지으며 말했다.

"비슷하네."

＊　＊　＊

다음 날.

용천단원은 도원의 말에 따라 용천각 연무장에 모였다.

광암과의 싸움의 흔적이 가득한 연무장에 오른 용천단원들.

자신들을 향해 다가오는 광암을 보며 마른침을 삼켰다.

이틀 전 온몸으로 느낀 광암의 힘에 대한 두려움과 전율이 몸에 남아 있었기 때문이다.

다가온 광암은 그들을 쭈욱 둘러보다 이내 입을 열어 말했다.

"자, 충분히 쉬었나?"

"네."

"그럼 이제 너희에게 첫번째 훈련 과제를 주마."

그들은 긴장된 표정으로 광암을 바라봤다.

누가 봐도 긴장이 역력한 표정인 용천단을 보며 광암이 미소지었다.

"긴장되나?"

"솔직히… 조금 그렇습니다."

장혁이 솔직히 말했다.

그 모습에 광암이 웃으며 말했다.

"그래. 긴장해야 할게다. 평범한 훈련은 아니니."

광암은 말을 마침과 동시에 용천단에게 작은 지도를 하나씩 나누어주었다.

이는 하남 일대에 대한 정보가 담긴 지도였다.

지도에는 총 4개의 붉은 동그라미가 표시되어 있었다.

"맹이 있는 하남의 신정(新鄭)을 중심으로 평정산, 천중산, 대별산, 광산이 있다. 미리 보낸 인원들이 그 산들의 정상에 각각 다른 표식이 새겨진 깃발을 꽂을 것이다. 너희의 임무는 그 깃발을 이곳 무림맹으로 다시 가져오는 것이다."

의외로 간단한 훈련내용에 장현이 의아하여 고개를 갸웃했다.

광암이 재차 웃으며 말했다.

"하하, 물론 말처럼 쉽지는 않을 게다. 그 네개의 깃발이 이곳 무림맹에 도착하는데 딱 2주의 시간을 주마."

"2주……?"

2주라는 시간제한에 우윤섭이 인상을 찌푸렸다.

각 산들의 거리가 상이했다.

맹이 위치한 신정(新鄭)에서는 평정산이 가장 가까웠으며, 광산이 제일 멀었다.

평정산을 2주 안에 갔다 오는 것은 쉬운 일이었다.

광산을 갔다 오기 위해서는 꽤 빠른 속도로 최소한의 휴식을 가지며 달려야 했다.

"그래. 그리고 그 산에는 너희를 기다리는 이들이 있을 게다."

방해꾼까지 존재한다는 광암의 말에 장현이 머리에 손을 짚었다.

첫 훈련으로 시작된 광암과의 대련도 힘들었는데, 지금 주어진 이 과제도 쉽지 않았다.

"출발은 내일 아침. 그때까지 훈련에 대한 것을 준비하여 모이도록 하거라. 모이는 장소는 무림맹의 남쪽 후문이다."

말을 마친 광암은 질문도 받지 않은 채 연무장을 빠져나갔다.

남은 용천단원들은 훈련에 대한 이야기를 나누려 모여들

었다.

"2주 안에 네개의 산의 정상에 존재하는 깃발을 모아오라니… 그게 가능합니까?"

말도 안 된다는 듯 말하는 장혁에 모두가 조용히 동의했다.

그도 그럴 것이 2주 안에 모든 깃발을 모은다는 것은 거의 불가능이었다.

그때, 이범이 입을 열어 말했다.

"인원을 나누란 말이겠지."

산은 총 4곳.

인원은 9명이었으니 최소 둘씩 나누어야 했다.

모두의 시선이 무연에게로 향했다.

어쨌든 단주를 제외하면 용천단을 이끄는 이는 부단주였다.

부단주인 무연의 의견을 듣기 위해서였다.

묵묵히 지도를 바라보던 무연이 입을 열었다.

"백건과 이범이 평정산, 나와 한소진이 천중산으로 간다. 장현과 백하언이 대별산, 나머지 인원은 광산으로 가라."

순식간에 인원을 배정해버린 무연에 백건이 나서며 말했다.

"하지만 광산은 이 네곳의 산 중에서 가장 멀어. 차라리 나와 이범이 광산을 가는게 낫지 않아?"

백건의 말대로 광산의 거리가 가장 멀었다.

그러니 그들 중 고강한 내공을 가진 백건과 이범이 가장 멀리 있는 광산에 가겠다는 말이었다.

"아니, 너와 이범은 평정산으로 간다."

"어째서?"

이해할 수 없다는 듯한 표정으로 이범이 물었다.

무연이 지도를 보이며 말했다.

"하남이 있는 신정에서 가장 가까운 곳은 평정산 그리고 천중산이다. 그에 반해 대별산과 광산은 꽤 거리가 있지."

"응."

무연의 말은 모두가 아는 내용이었다.

"때문에 이범과 백건이 평정산을 간다."

"그니까, 왜 가는 거야?"

이범이 알 수 없다는 듯 말하자 무연이 무심히 대답했다.

"우리를 기다리는 이들이 있다고 했지? 그들은 아마도 우리가 산을 올라 정상에 있는 깃발을 가지러 가는 것을 방해할 것이다. 그래서 2주라는 시간제한을 둔 거고."

"그래서?"

백건이 물었다.

"가까운 곳일수록, 배치된 인원의 수가 많을 거다."

무연의 말에 모두가 지도를 보며 작은 탄성을 지르곤 고개를 끄덕였다.

무연의 말대로 평정산과 천중산의 거리는 다른 대별산과

광산에 비해 상당히 가까웠다.

평정산과 천중산은 다른 산에 비해 갔다 오는 거리가 짧으니, 깃발을 가져오기 더욱 쉬웠다.

그렇다면 짧은 거리라는 약점을 어떻게 보완하여 시간을 지체시킬 수 있을까?

답은 간단했다.

다른 산에 비해 방해꾼의 수를 늘리는 것이다.

무연의 말은 평정산과 천중산이 가까워 배치된 인원이 많을 것이고, 그들을 뚫어내기 위해 가장 강한 이들로 인원을 꾸려 보내야 한다는 뜻이다.

"그리고 중요한 것은 이것이다."

무연의 손이 지도의 한부분을 가리켰다.

"잘 봐둬. 깃발을 가져와 훈련 과제를 성공하기 위해선 가장 중요한 부분이니까."

모두의 시선이 무연의 손끝으로 향했다.

* * *

"후……."

늦은 밤.

땀을 닦아내며 검을 검집에 집어넣은 운현은 천소각에 위치한 연무장을 바라봤다.

연무장의 바닥에는 기다란 상흔이 있었다.

청월유성검의 일곱번째 초식 개벽.

이를 발현한 운현의 손이 부들부들 떨렸다.

아직 초식의 정교함이나 내공의 흐름이 일정치 못해, 내력이 역류하여 위험할 뻔도 했지만 간신히 개벽을 만들어 냈다.

부들거리는 오른손의 손목을 쥐며 운현이 인상을 찌푸렸다.

"무연처럼은 안 되는 건가……."

무연과 만난 후 그가 보여준 개벽은 이보다 더 깔끔하고, 정교했으며, 강력했다.

내력을 담지 않았음에도 느껴지는 살 떨리는 위력에 어찌나 감탄했는지, 얼마나 충격을 받았는지 이루 말할 수가 없었다.

"아직 많이 부족해……."

자신의 부족함을 열렬히 느끼며 운현이 주먹을 말아쥐었다.

무연에게 부탁하여 구절과 초식을 전개하는 방법을 알아 냈지만, 이를 알았다고 이루어지는 무공은 없었다.

"운 동생!"

자신을 부르는 목소리에 운현이 고개를 돌렸다.

그곳에 양소걸이 숨을 헐떡이며 달려오고 있었다.

"운 동생!"

"양형…? 무슨 일이기에 잘 뛰지 않는 양형이 이리도 급히 뛰어오십니까?"

"이번 무인수행의 장소가… 헉… 정해졌네."

운현이 고개를 기웃했다.

무인수행이라면 선발된 천소단의 인원들이 이름 있는 문파에서 머물며 그곳에 속한 무림의 선배들에게 가르침을 받는 일종의 문파 수업이었다.

시기마다 늘 해오던 것이라 놀라울 것도 없었다.

양소걸은 급히 운현의 양어깨를 부여잡으며 말했다.

"그게… 이번 무인수행의 장소가 하북팽가일세! 그것도 맹주님의 추천으로 정해진 거라더군."

"하북팽가… 맹주님의 추천?"

운현의 인상이 굳어졌다.

하북의 강자 혹은 패자라 불리는 하북팽가.

그곳으로 무인수행을 떠나게 된 것이다.

"운 동생이 하북팽가에 대한 정보가 생기면 가져다달라 했잖아?"

"아, 그렇죠. 고맙습니다."

"그런데 사혈문도 그렇고… 하북팽가도 그렇고… 혹시 사혈문과 하북팽가가 연관되어 있는 겐가?"

양소걸이 눈매를 좁히며 물었다.

날카롭게 물어보는 양소걸의 질문에 운현은 굳이 부정하지 않았다.

"제가 생각하기엔, 그렇습니다."

"좋은 건 아니겠군?"

"네. 아직 확실하진 않지만, 사혈문에 대한 하북팽가의 행동에 의문을 가지고는 있습니다."

"하긴, 하북의 패자라고 불리는 하북팽가가 사혈문을 가만히 놔두는게 이상하기는 했지. 헌데 사혈문의 기세가 잔뜩 올라와 있을 땐 침묵하던 하북팽가가 사혈문주의 죽음과, 사혈문의 비리가 생겨났을 때는 가장 먼저 움직임을 보였단 말이지……."

과연 개방의 부지부장의 자리에는 아무나 오르는게 아니란 걸 보여주는 듯했다.

양소걸은 사혈문 사태와 하북팽가의 움직임에 대한 사실들을 꿰뚫어보고 있었다.

양소걸의 말에 운현이 고개를 끄덕였다.

"그 점이 의심스럽습니다. 마치……."

"사혈문의 사태를 최대한 빨리 덮으려는 것같이 보인단 말이지?"

"그렇습니다. 마치 새어나가면 안 되는 정보라도 있는 것처럼 부랴부랴 조사단을 파견하고, 사혈문을 최대한 빨리 멸문시키려 했으니까요."

"일단 하북팽가에 대한 정보를 모아볼게."

"감사합니다. 항상 도움만 받네요."

"하하! 뭘. 어차피 중원의 평화를 위한 개방의 일인걸."

말을 마친 양소걸이 하북팽가에 대한 정보를 얻기 위해

발걸음을 옮겼다.

그때, 양소걸이 아차 하며 뒤를 돌아 말했다.

"아참! 말하지 않은게 있는데 무인수행을 위해 하북팽가로 가는 날이 일주일 후야!"

"네. 고맙습니다."

떠나가는 양소걸을 향해 손을 흔들어준 운현이 걸음을 재촉했다.

용천각으로 가야 했기 때문이다.

걸음을 재촉해 도착한 용천각에서 무연을 발견하고 급히 달려갔다.

"무연."

"운현?"

갑작스러운 방문에 무연이 운현에게 다가갔다.

운현은 다가온 무연을 보며 말했다.

"할 말이 있어. 둘이."

"그래. 따라와."

무연을 따라 숙소에 도착한 운현이 자리에 앉으며 말했다.

"일주일 후, 무인수행을 떠나."

"무인수행?"

"응. 이름 있는 문파에 천소단원 몇 명을 보내 문파에 속한 고수들에게 가르침을 받는 거야. 일종의 문파 수업 같은 거지. 그런데 문제는 무인수행의 장소야."

"하북팽가?"

"음? 어떻게 알았어?"

운현이 눈을 동그랗게 뜨고 묻자 무연이 미소지으며 말했다.

"문제되는 장소라 하면, 지금 생각나는 곳은 딱 한군데밖에 없으니까."

"아… 민망하네."

민망함에 머리를 긁적이는 운현을 향해 무연이 입을 열었다.

"일주일 후라, 기간이 애매하군. 무인수행의 기간은 어느 정도야?"

"보통은 한달 정도?"

"그렇군… 용천단은 이번에 광암의 훈련과제로 2주동안 산악 행군을 실시해."

무연의 말에 운현이 미간을 찡그렸다.

2주동안 무연이 무림맹에 없었다.

자신은 당장 일주일 후에 하북팽가로 향해야 했다.

물론 훈련으로 떠나지 않더라도 무인수행은 천소단원만 가기 때문에 무연이 갈 순 없었다.

하지만 무연이 떠나 있는 상태로 하북팽가에 가야 한다는 점이 마음에 걸렸다.

운현의 불안함을 눈치챈 걸까.

무연이 그를 보며 말했다.

"걱정하지 마. 그들이 만약 혈교와 연관이 있다 해도, 감히 무인수행을 온 천소단원을 상대로 수를 쓰진 않을 테니까."

"하긴 그렇지. 굳이 그럴 필요도 없고. 그런데 무인수행의 장소로 하북팽가를 추천한 자가… 맹주님이야."

"맹주?"

"응. 맹주님의 추천으로 하북팽가로 결정되었어."

무연이 고개를 끄덕였다.

운현이 떠난 뒤 홀로 남은 무연이 머리를 쓸어올렸다.

생각을 정리하기 위함이었다.

"맹주의 추천으로 하북팽가로의 무인수행을 떠난다라……."

자리에서 일어선 무연이 조용히 창밖에 보이는 무림맹의 본당을 바라봤다.

* * *

다음 날.

날이 밝아온 뒤, 도원과 광암이 무림맹의 남쪽 후문으로 발걸음을 옮겼다.

그곳엔 이미 도착한 용천단원이 도원과 광암을 기다리고 있었다.

"자, 다들 모였나?"

도원의 질문에 무연이 고개를 끄덕이며 말했다.

"용천단 9인 전부 모였습니다."

"그래. 일단 이것들을 받거라."

도원이 건넨 것은 용천단원 개인에게 지급되는 벽곡단과 모포 그리고 신호탄이었다.

화약을 넣어 만든 귀한 신호탄이었다.

용천단원의 수에 맞춰 총 9개가 지급되었다.

"이 신호탄은 행군 중 위험한 상황이 닥치거나, 도움이 필요한 순간에 사용하거라."

도원의 말에 무연이 고개를 끄덕이며 용천단원에게 개인 물품을 나누어 주었다.

모든 준비가 끝나자 광암이 그들의 앞에 섰다.

"2주째 날이 밝은 아침까지 네개의 깃발이 모두 모여 있어야 한다. 모두 알고 있겠지."

"네."

용천단원의 대답에 광암이 미소지으며 말했다.

"모두 성공하길 기원하마. 그럼 산악 행군을 출발하도록!"

광암의 말과 함께 용천단원들이 후문을 통해 무림맹을 빠져나갔다.

미리 일러둔 대로 백건과 이범 그리고 한소진과 무연이 빠르게 평정산과 천중산을 향했다.

나머지 장현과 백하언이 대별산으로, 광산으로 백아연

과 장혁, 우윤섭이 향했다.

"모두 맹에서 봐요!"

백아연이 미소지으며 외쳤다.

그들은 백아연의 말에 말없이 고개를 끄덕이며 각자의 방향으로 달려갔다.

백아연이 속한 광산조의 인원들 역시 다리에 쥐 땅을 박 찼다.

어찌 보면 가장 서둘러야 하는 인원들이었다.

"부단주의 말이 맞겠죠?"

장혁이 걱정스레 말했다.

백아연이 걱정하는 장현을 향해 미소지었다.

"무 공자, 아니 부단주님 말은 믿어도 돼요."

한치의 의심도 없는 백아연의 말에 장혁이 고개를 끄덕였다.

가장 먼 곳으로 향하는 그들은 힘차게 땅을 박차며 광산이 있는 남쪽으로 빠르게 나아갔다.

한편, 평정산으로 향하던 백건은 미묘하게 자신을 앞지르는 이범을 바라보았다.

점점 멀어져가는 이범의 모습에 백건이 강하게 땅을 박 찼다.

쏘아지듯 나아간 백건이 앞서자 이범이 그의 등을 바라봤다.

"음?"

이범이 인상을 찌푸리고는 땅을 강하게 박찼다.

어느새 자신의 옆으로 온 이범을 슬쩍 본 백건이 인상을 굳혔다.

이범 역시 백건을 바라보았다.

둘의 시선이 서로를 향했다.

말은 없었다.

하지만 그들의 달려나가는 속도는 점점 빨라졌다.

눈에 보이지 않는 그들만의 싸움이 시작된 것이다.

"힘들지 않아?"

이범이 슬쩍 백건에게 물었다.

그도 그럴 것이 전력으로 달리기 시작한지 한시진이 지났다.

어느새 이범의 이마에는 땀방울이 송글송글 맺혀 있었다.

그것은 백건도 마찬가지였다.

"아니, 왜? 힘든가?"

백건의 질문에 이범이 고개를 저었다.

"아니, 그쪽이 힘들면 조금 천천히 가주려고 했지."

"그럴 필요 없다. 물론 네가 힘들다면 조금은 천천히 가주지."

백건의 말에 이범이 미소지었다.

"그럼 서로 속도를 줄일 필요는 없겠군?"

"네가 안 힘들다면."

"하나도 안 힘들어."

백건과 이범의 몸이 쏘아지듯 평정산으로 향했다.

그들이 지나간 자리에는 맑은 땀방울이 대지를 적셨다.

기다리는 자들

눈을 감고 의자에 몸을 기댄 장대웅의 눈이 슬며시 떠졌다.

생각을 정리하기 위해 머리를 비우고 명상에 젖어 있던 장대웅은 다가오는 인기척에 눈을 떴다.

다가온 자는 장대웅도 잘 아는 자였다.

"그림자냐?"

"네."

집무실로 들어온 자가 고개를 숙이며 장대웅에 대한 예를 갖추었다.

품에서 맹의 정보가 담긴 자료를 장대웅에게 건넸다.

"맹의 자료입니다."

"그래."

장대웅이 무심한 눈으로 그림자들이 모아온 자료를 천천히 훑었다.

"용천단이라… 맹주가 만들었다고?"

"그렇습니다. 이번 새롭게 창단된 무림맹의 첫 감찰조직이라 합니다."

"감찰 조직이라… 맹주가 드디어 움직이기 시작했군. 무림 수행에 대한 장소가 하북팽가로 정해졌다라… 사혈문에 이어 이번엔 하북팽가라니 낌새가 좋지 않군."

"이번 무인수행의 장소를 추천한 자가 바로 무림맹주라고 합니다."

"흐음……."

자료를 서랍에 밀어넣으며 장대웅이 인상을 썼다.

"왜 하필 천소단원인가… 이번 무인수행에 나서는 천소단원에 대해 알아보도록 해라, 아무래도 낌새가 좋지 않아. 하북팽가로 향하는 천소단원 중에 맹주의 사람이 있을 게다."

"알겠습니다."

"그리고 그자에 대한 정보는 더 없는 게냐?"

"조작된 정보가 많아 걸러내는데 시간이 오래 걸렸습니다. 가장 믿음직한 건 그자가 맹으로 향했고, 현재 새롭게 창단된 용천단의 단원으로 들어갔다는 정보입니다."

"용천단이라, 그자가 맹주의 사람인가… 그렇다면 맹주가 우리의 존재를 어느 정도 눈치채고 있다는 사실이 확실해졌군."

"그렇습니다."

"그래. 그림자들은 항상 용천단이란 곳에 시선을 두고 있거라. 언제든 특이사항이 있으면 즉각 보고하도록 하고."

"알겠습니다."

이후 자리에 일어선 장대웅은 옷을 갖춰 입었다.

조용히 장대웅을 보던 그림자가 조심스럽게 입을 열었다.

"하북팽가로 가십니까?"

"그래. 아무래도 내가 직접 손을 써야겠구나."

옷을 갖춰 입은 장대웅은 우락부락한 근육을 비단 도포로 감추고, 영웅건을 이마에 둘러 머리를 묶었다.

사혈문에서의 거친 사내는 온데간데없이 사라지고 깔끔하고 진중해 보이는 중년의 무인이 있었다.

탈바꿈한 장대웅이 그림자와 함께 집무실을 빠져나갔다.

* * *

"후우! 후우!"

평정산에 도착한지 이틀째 되는 날.

이범은 급히 고개를 숙이며 몸을 비틀었다. 그러자 순식간에 날아든 비도가 나무를 강하게 치며 튕겨나갔다.

튕겨나간 것의 정체는 나무로 만들어 끝이 뭉툭한 목비도(木飛刀)였다.

비록 나무로 만들었다 하여도 내력이 담긴 비도의 속도와 파괴력은 무시할 수준이 아니었다.

"젠장!"

이범이 급히 도를 휘두르며 날아드는 목비도를 쳐내고 몸을 뒤로 튕겼다.

피한 자리에 다섯개의 목비도가 날아와 땅을 쳐댔다.

만약 몸을 빼는게 조금이라도 늦었다면, 필시 목비도에 의해 외상을 입었을 것이다.

얼마 떨어지지 않은 곳에서 백건의 사정도 마찬가지였다.

급히 몸을 비틀고, 검을 휘두르며 목비도를 쳐냈다.

하지만 비도를 날리는 방해꾼들의 숫자도, 실력도 결코 만만치 않아서 정상으로 올라갈 수가 없었다.

맹에서 평정산으로 오기까지 걸린 시간은 삼일. 그리고 머문 기간이 이틀이었으니 2주 중 닷새가 지난 것이다.

마음은 조급했지만 쉬이 뚫을 수가 없었다.

"백건. 이대로 가면 일주일은커녕 이주가 되어도 정상에 못 오를 거야."

"나도 알아."

이범의 말에 백건이 이를 갈며 말했다.

그도 사정을 알고 있지만 호시탐탐 이범과 백건의 빈틈을 노린 공격에 의해 쉽게 몸을 움직일 수 없었다.

"일단 작전을 세워야겠군."

백건과 이범이 평정산의 중턱에서 내려왔다.

그러자 날아들던 목비도의 수도 급격히 줄더니 이내 아무런 인기척도 없었다.

방해꾼이란 자들은 비도술도 상당했지만 암행술, 경신술이 뛰어났다.

은신술마저 뛰어나 기습이나 암습을 해오는 경우가 더러 있었다.

그들로부터 안전한 곳은 바로 평정산의 아랫부분이었다.

중턱 아래로 내려오는 순간부터 방해꾼들이 쫓아오지 않았다.

다시 중턱 이상으로 올라가는 순간, 귀신처럼 달라붙어 공격해댔다.

"그래서 어쩌려고?"

이범의 물음에 백건이 작은 나무막대를 들고 와 땅을 긁적였다.

"이곳 평정산에 위치한 방해꾼의 수는 어림잡아 15명 정도 된다. 모두가 비도술, 경신술, 은신술에선 일류급 실력을 지니고 있어서 평범한 방법으로는 접근할 수 없다."

"그래서?"

"하지만 평정산은 결코 작지 않아. 정상으로 갈수록 산이란 건 좁아지기 마련이지만… 중턱을 오르기 전까지 평정산은 상당히 넓어."

"열다섯명으로는 전부 감시할 수 없겠군?"

이범의 말에 백건이 고개를 끄덕였다.

"그래."

"하지만 그걸 우리가 시험해보지 않은 건 아니잖아. 이미 여러 경로로 평정산을 오르려 했어. 하지만 그럴 때마다 저들이 귀신같이 나타났잖아."

"아마, 우리를 따로 감시하는 자들이 있을 거야. 그들을 우리가 먼저 제압하면 돼."

백건의 의도를 알아챈 이범이 조용히 고개를 끄덕였다.

이 넓고 거대한 평정산에서 이범과 백건의 움직임을 쫓기 위해서는 미리 그들의 이동 경로를 감시하는 자들이 있을게 분명했다.

"먼저 감시자를 친다. 한명이 미끼가 되어 눈을 속이고, 한명이 깃발을 가져온다."

"그럼 그 미끼의 역할을……."

"물론……."

백건과 이범. 두 남자의 눈동자가 서로를 향했다.

흔들림 없는 굳건한 눈동자.

236

"네가."

"네가."

* * *

맹에서 출발한지 닷새째가 되는 날.

도착한 무연과 한소진은 아득히 높게 뻗어 있는 천중산을 바라봤다.

구름과 맞닿을 듯 높게 치솟은 천중산을 보던 무연은 위에서부터 아래로 훑었다.

"역시 방해꾼이 있군. 모두가 은신술에 뛰어난 모습을 보이는 걸로 보아 맹의 비영단 혹은 암영단일 거다."

무연의 말에 한소진이 천중산을 바라봤다.

우거진 수풀밖에 보이지 않고, 인기척은 느껴지지 않았다.

만약 무연의 말대로 방해꾼이 비영단 혹은 암영단의 단원들이라면 일류급의 은신술을 자랑하는 그들을 그저 보는 것만으로 알아차리는 것은 불가능했다.

헌데, 무연은 멀리서 본 것만으로 그들의 존재를 알아차린 것이다.

진실인지 아니면 허풍인지 알 수 없었지만, 한소진은 고개를 끄덕였다.

무연이 거짓이나 허튼말을 하는 사람이 아님을 그녀도

알고 있었다.

"어떻게 할 거야?"

한소진이 무연에게 물었다.

낯설게 느껴지는 목소리에 무연이 조용히 그녀를 바라봤다.

"두가지 방법이 있다. 이대로 뚫는 것과 우회하는 것."

한소진은 허리춤에 꽂혀 있던 검집에서 검을 뽑아냈다.

"뚫는 것."

간단하고 망설임 없는 대답에 무연이 고개를 끄덕였다. 그 역시 우회할 생각은 없었다.

한소진의 의견이 자신과 다를 경우를 대비해 한 말이었다.

다행히 그녀 역시 우회할 생각이 없었다.

검을 뽑아들고 나아가는 한소진의 옆에 선 무연이 무심히 천중산을 바라봤다.

"숫자는 천중산의 중턱 부분부터 15명. 그 이상은 보이지 않는다. 하지만 15명이 전부일 리는 없다."

"응."

터벅터벅 걸어가던 무연과 한소진의 신형이 점점 빨라지더니 이내 엄청난 속도로 천중산을 오르기 시작했다.

용천단원을 기다리던 비영단의 단원이 빠르게 다가오는 둘을 발견하고 신호줄을 당겼다.

당겨진 신호줄에 의해 침입자의 존재를 알게 된 15명의

비영단원이 품에 넣어둔 목비도를 꺼내며 무연과 한소진을 기다렸다.

평정산에서 이범과 백건이 당한 것처럼 그들도 무연과 한소진에게 목비도를 날리기 위함이었다.

"잠깐. 저자는 용천단의 부단주로군."

무연을 알아본 비영단의 일(一)부단주 묵용은 인상을 굳혔다.

자신의 뒤에 서 있는 비영단원을 돌아보며 말했다.

"준비해라."

목 아래에 두었던 복면을 꺼내 쓴 묵용이 빠르게 올라오는 무연과 한소진을 바라봤다.

"그럼 시작하지."

15명의 비영단원이 일제히 사방으로 흩어지며 무연과 한소진을 향해 조여왔다.

천중산을 오르던 무연의 시선이 위를 향했다.

자리에 멈추어 선 무연이 청각에 힘을 기울였다.

들려오는 소리는 산새들의 지저귐, 작은 벌레들의 울음소리, 바람에 날리는 잎사귀소리뿐이었다.

지극히 평범한 소리 속에서 이질적인 소리들이 미세하게 들려왔다.

보통의 무인들이라면 들을 수 없는 소리, 그러나.

쉬—이익!

타악!

허공에 원을 그리며 휘저은 무연의 오른손에 두개의 목비도가 들렸다.

잡아챈 목비도를 빙글 돌리며 손가락에 끼운 무연이 나지막이 말했다.

"정면으로 들어가. 나머지는 내가 맡지."

말없이 고개를 끄덕인 한소진이 빠르게 앞으로 쇄도해 나갔다.

엄청난 속도로 달려드는 한소진의 모습에 비영단원이 급히 목비도를 날렸다.

그러나 한소진의 등 뒤에서 날아든 두개의 목비도가 비영단원이 날린 비도를 쳐내며 나무에 박혔다.

목비도의 위험에서 벗어난 한소진이 날아올랐다.

스응─!

거침없는 베기.

낡은 철검에서 뿜어져나온 검기가 굵은 나뭇가지를 잘라냈다.

그곳에 몸을 숨기고 있던 비영단원이 급히 몸을 양쪽 옆으로 날렸다.

그러나 한소진의 목표는 그들이 아니었다.

"칫!"

한소진과 무연의 행동을 지켜보던 묵용이 인상을 썼다.

목비도.

나무를 깎아 만든 비도였기에 무게가 낮고 속도가 느려 보통의 비도보다는 위력이 상당히 줄어들었다.

그래서일까. 무연은 너무도 쉽게 목비도를 잡아챘다.

도리어 잡아챈 목비도를 이용해 한소진의 길을 터주었다.

게다가 정확히 비영단원이 있는 곳을 노리고 베어온 한소진에 의해 길을 터주게 되었다.

한소진이 지체 없이 달려올라갔다.

멀어지는 한소진을 따라 무연이 달려 올라갔다.

비영단원이 급히 무연과 한소진을 쫓았다.

"음?!"

그러나 그들은 신형을 멈출 수밖에 없었다.

한소진을 따라 산을 올라가던 무연이 자리에 멈추어 선 것이다.

"열명."

무심히 들려오는 무연의 말에 자리에 멈춘 묵용이 주변을 돌아보았다.

비교적 높은 곳에서 기다리던 다섯명의 비영단원을 제외하고 무연의 아래에 있던 비영단원들… 그들의 수가 열명이었다.

'이미, 우리 위치와 수를 파악한 건가?!'

믿을 수 없었다.

그들은 모두 일류급의 은신술을 가진 자들이었다.

부단주인 자신의 은신술은 절정에 다다랐다.

헌데 그들의 위치와 숫자를 이제 막 약관을 지난 듯한 신생 감찰조직, 용천단의 부단주 무연이 정확히 꿰뚫어 본 것이다.

"쳇! 나와 세명만 용천 부단주를 상대한다. 나머지는 한소진을 쫓아."

묵용의 말에 나머지 여섯명의 비영단원이 무연을 우회하여 빠르게 산을 올랐다.

곧 이어지는 믿기지 않는 상황에 묵용이 입을 떡 벌렸다.

"억!"

"으억!"

두 비영단원의 몸이 퉁겨지듯 뒤로 날아가 나무에 부딪치고는 정신을 잃고 축 늘어졌다.

분명 제자리에 서 있던 무연이 갑자기 우회해서 돌아가던 비영단원 앞에 나타난 것이다.

이어지는 두번의 출수. 두명의 비영단원이 정신을 잃었다.

"정면으로 붙지 마라! 너희가 상대할 수 있는 자가 아니야!"

묵용이 허리춤에 메여 있던 검을 꺼냈다. 서슬 퍼런 날이 번뜩이는 진검이었다.

'용천 부단주의 실력은 상상 이상이다. 비영단원이 정면으로 상대할 수준이 아니야.'

묵용은 무연의 실력을 인정했다.

실제로 살수를 펼치지 않는 이상, 무연을 상대할 수 없다는 사실을…….

그렇기에 묵용은 진검을 꺼냈다.

비록 살수를 펼치진 않더라도 시간을 끌기 위해서 목비도로는 불가능했다.

살수를 펼치지 않고 무연에게서 시간을 벌 수 있는 자는 자신뿐임을 깨달았다.

"가라! 무연은 내가 맡는다."

묵용이 몸을 날렸다.

비록 정면에서 맞붙는 것이 비영단과는 어울리지 않는 행동이었지만, 묵용은 자신이 있었다.

비영단에 들어오기 전 검으로 이름을 날린 적이 있는 묵용이었다.

"하압!"

어린 나이부터 마두를 베어오며 얻어낸 별호, 참마검(斬魔劍).

비영단에 입단하면서부터 검을 쓰기를 자제했지만, 그는 비도술만큼이나 뛰어난 검사였다.

내력을 조절하여 끌어올린 그의 검에 푸르른 내기가 감돌았다.

나선형으로 돌아가며 검을 감싼 검기가 무연을 향해 찔러 들어갔다.

"흠."

엄청난 속도로 찔러 들어오는 묵용을 보며 무연이 손가락을 가볍게 풀었다.

'못, 못 피하는 건가?'

찔러 들어가던 묵용은 피하거나 막을 생각 없이 무심히 자신을 바라보는 무연을 바라보다 멈칫했다.

이대로면 무연은 그대로 자신의 검에 꿰뚫리기 일보 직전이었다.

"어?"

하지만 묵용의 걱정과는 달리 무연의 신형이 빠르게 뒤로 움직였다.

눈으로 쫓기도 힘든 엄청난 속도의 경신술이었다.

뒤로 물러선 무연이 묵용을 향해 미소지었다.

"이, 이놈이!"

자신보다 한참 어린 무연이 미소를 지은 뒤 빠르게 도망치자 묵용이 크게 노호하며 그를 쫓았다.

덩달아 나머지 비영단원은 빠르게 한소진을 쫓았다.

'빠르다!'

분노를 겨우 가라앉히며 달려가던 묵용.

앞서 달려가는 무연을 보며 어금니를 악물고 다리에 힘을 주었다.

비영단원들은 모두가 수준 높은 경신술을 사용했다.

그 속도 역시 누구에게 뒤지지 않을 정도로 빨랐다.

하지만 무연의 속도는 그것 이상이었다.

* * *

"저, 소저. 빨리 가야 하지 않을까요?"

"하아… 벌써 닷새째 달리고 있어… 조금 쉬어도 되지 않을까?"

장현의 재촉에 백하언이 고개를 저으며 말했다.

도저히 더는 달릴 수가 없었다.

맹에서 출발한지 닷새째, 하지만 대별산은 전혀 가까워지지 않았다.

분명 달린지 삼일째 되던 날 대별산이 그들의 눈앞에 보였다.

그때만 해도 백하언과 장현은 예상보다 일찍 도착할 거라 생각했다.

하지만 발견 후 이틀동안 제아무리 달려가도 대별산에 도착하지 못했다.

"그럼, 조금 쉬었다 가죠."

자리에 앉은 장현의 옆에 백하언이 주저앉았다.

땀을 닦아내는 백하언을 보던 장현.

비록 백아연보다 시선을 조금 덜 받고 있었지만, 그녀의 외모 역시 상당히 뛰어났다.

백옥 같은 피부에 타고 흐르는 땀방울마저 그녀를 매혹

적으로 만들어주었다.

시선을 느낀 백하언이 고개를 돌려 장현을 바라보며 미소지었다.

그 모습에 장현이 살짝 입을 벌렸다.

'아, 이 녀석도 남자였지.'

새삼스럽게 장현이 남자임을 느끼며 백하언이 웃음지었다.

자신의 미모로 장현을 유혹했다는 것이 왜인지 뿌듯했다.

"저, 소저?"

"응?"

백하언이 도도하게 고개를 돌렸다.

그러자 장현이 잠시 망설이며 대답했다.

"저기 이런 질문을 해도 될진 모르겠지만."

"어려워 말고 하도록 해."

부드럽게 말하는 백하언에 장현이 용기 내어 말했다.

"백아연 소저와 백하언 소저는 자매… 아니신가요?"

장현의 물음에 백하언의 인상이 굳어졌다.

'혹시 사랑하는 사람이 있느냐? 아니면 약혼자나 정혼자가 있느냐? 이상형이 어떻게 되느냐'라는 식의 물음을 기대하던 백하언은 또다시 백아연 이야기가 나오자 절로 기분이 상했다.

"맞는데… 왜?"

246

퉁명스럽게 대답하는 백하언에 장현이 고개를 끄덕였다.

"역시 그렇군요."

"응? 그게 다야?"

"아, 네. 형은 두분이 자매가 맞다고 하셨는데, 저는 아닐 거라 했거든요."

의외의 말에 백하언이 고개를 기웃하며 물었다.

"어째서?"

백하언의 물음에 장현이 머리를 긁적이며 말했다.

"저와 장혁은 쌍동(雙童)이에요. 물론 형제는 아니지만 형과 동생으로 부르며 지금까지 살아왔고요."

"그런데……?"

"음, 제가 봤을 때는 두분의 사이가… 좋지 않아 보여서요. 마치 남인 것처럼… 아! 죄송해요. 이건 어디까지나 그냥……."

"아냐. 네 말이 맞아. 사과할 필요 없어."

두 팔을 뒤통수에 포개며 백하언이 드러누웠다.

수풀이 우거진 땅에 몸을 뉘인 백하언은 구름 한점 없는 깨끗한 하늘을 바라봤다.

백하언이 고개를 돌려 자신을 어색하게 내려다보는 장현을 바라봤다.

백하언이 장현을 보며 미소지었다.

그 모습에 장현도 어색하게 마주 미소지었다.

"갈까요?"

"그래. 가자."

잠시간의 휴식을 취한 백하언이 자리에 일어섰다.

장현이 시선을 돌려 멀리 대별산을 바라봤다.

기간은 단 2주.

이곳까지 오는데 걸린 시간은 닷새.

엿새째 되는 날 안에 대별산에 도착한 후 이틀 안에 깃발을 쟁취해서 돌아가야 기한 안에 갈 수 있었다.

조급함 때문일까.

장현의 걸음이 빨라졌다.

이내 백하언과 장현이 다시 달리기 시작했다.

* * *

"단원들이 기간 안에 올 수 있을까요?"

벌써 용천단원이 산악행군을 떠난지 닷새째가 되었다.

도원은 걱정되는 마음에 광암을 보며 물었다.

차를 마시던 광암이 고개를 저었다.

"기간 안에 못 올 거야."

"네…? 어째서?"

도원이 이유를 알 수 없다는 듯 고개를 저으며 말했다.

"평정산, 천중산, 대별산에 간 인원들은 기간 안에 돌아올 수도 있겠지. 하지만… 광산으로 향한 인원들은 기간

안에 못 돌아올 거야."

"광산……."

광암의 말을 들은 도원이 침음을 흘렸다.

광암의 말대로 광산의 거리는 신정과 매우 멀었다.

제아무리 수준 높은 무인이라도 일주일간 쉬지 않고 달려야만 도착할 수 있는 거리였다.

그런 거리를 왕복해야 하는 것은 물론이요, 산 정상에 위치한 깃발을 가지고 와야 했다.

"혹시 비영단과 암영단이……."

"물론 광산에는 비영단과 암영단이 없어. 거리만 해도 2주 안에 돌아올 수 없어. 거기에 방해꾼마저 있으면 그야말로 불가능에 가깝겠지."

"그럼 왜… 광산으로 그들을 보낸 것입니까?"

의아함이 가득한 도원의 물음에 광암이 미소지으며 말했다.

"궁금하잖아. 광산에 도착하고 나서는 도저히 2주 안에 돌아갈 수 없다는 걸 깨달은 그들이 어떻게 행동할지. 그리고 만약에… 만약에 그들이 성공한다면 어떤 방법으로 해낸 것인지."

"그건……."

속을 알 수 없는 광암의 말에 도원은 그저 기다릴 수밖에 없었다.

그도 용천단을 믿고 싶었으나, 아무리 생각해도 아직 어린 무인들이 광산에서 2주 안에 돌아올 거라고는 생각되지 않았다.

속으로 작게 숨을 내쉰 도원은 그저, 떠난 용천단원들이 돌아오기를 기다릴 뿐이었다.

＊　＊　＊

"하아… 하아……."

백아연이 흐르는 땀을 닦아냈다.

맹에서 나온 지 엿새째.

지도를 펼쳐 보니 아직 광산에 도착하기까지는 거리가 꽤 남아 있었다.

숨을 거칠게 내쉰 백아연이 뒤를 돌아보았다.

우윤섭과 장혁이 힘겹게 달려오고 있었다.

"휴우!"

숨을 들이마신 백아연이 다시 힘을 내 땅을 박차기 시작했다.

땅을 박차며 달려가는 백아연을 보며 장혁이 울상 지었다.

"백 소저는 체력도… 내공도… 멈추질 않는구나."

울상 지으며 말하는 장혁의 옆에 우윤섭이 조용히 고개를 끄덕였다.

과연 장혁의 말대로 백아연은 남자인 자신과 장현보다도

체력에서나 내공 면에서 뛰어났다.

이미 한계에 다다른 우윤섭은 금방이라도 포기하고 싶었
다.

그러나 멈출 수가 없었다.

앞에서 달려가는 백아연 때문이다.

그것은 장혁도 마찬가지였다. 포기할 수 없었다.

앞서가는 백아연, 옆에는 우윤섭, 게다가 어쩌면 대별산
에 도착했을지도 모르는 장현을 위해 멈출 수가 없었다.

그들은 그렇게 점점 광산과 가까워갔다.

*　　*　　*

"후우! 제기랄!"

묵용이 이를 갈았다.

돌멩이와 나뭇가지.

지금까지 묵용에게 날아온 것들의 종류였다.

도망을 치던 무연이 갑자기 뒤로 손짓을 했다.

그때마다 돌멩이나 나뭇가지가 비수가 되어 날아왔다.

순식간에 날아드는 수많은 비수에 묵용이 급히 두팔을
들어 막았다.

내력이 담긴 돌멩이와 나뭇가지는 그의 호신강기를 뚫고
들어와 흑색 무복을 뚫고 외상을 입혔다.

그것보다 더 답답한 것은 바로 무연의 경로였다.

천중산을 빙글빙글 돌며 비영단원들을 몰았다.

쫓기는 입장인 주제에 비영단을 몰고 다니며 한소진에게로 향하는 것을 막았다.

덕분에 한소진은 벌써 정상에 오르기 시작했다.

지금 이대로라면 한소진이 깃발을 차지하는 것은 불 보듯 뻔했다.

"무연은 포기한다. 중요한건 깃발이야. 모두 한소진을 저지한다!"

묵용의 말에 비영단원이 일제히 한소진을 쫓았다.

이미 그녀를 쫓는 이들이 있었지만 제지하는 것엔 실패했다.

이유인즉슨… 한소진의 수준이 상상 이상이었다.

"윽!"

비영단원이 급히 몸을 뒤로 뺐다.

한소진의 검에서 뿜어진 검풍에 의해 비영단원의 소매가 찢겨나갔다.

나무를 박차며 다람쥐처럼 가뿐하게 산을 오르는 한소진은 비영단원이 쫓기엔 너무 빨랐다.

한소진은 지치지도 않으며 수시로 검기를 뿌려 접근하는 것조차 힘들었다.

달려나가던 한소진의 눈에 정상에 놓인 깃발이 보였다.

한소진은 용의 무늬가 그려져 있는 깃발을 손에 넣었다.

이를 발견한 묵용이 인상을 썼다.

"이런! 이렇게 된 이상… 천중산을 둘러싼다. 한소진과 무연이 천중산을 벗어나지 못하게 해."

묵용의 말과 함께 비영단이 흩어졌다.

그들은 흩어지며 기다란 줄을 늘여 나무에 묶었다.

신호종이 달린 끈이었는데, 이를 촘촘하게 연결했다.

정상에 도착한 무연이 한소진을 바라봤다.

한소진은 얻어낸 깃발을 무연에게 들어 보였다.

그 모습을 본 무연이 고개를 끄덕였다.

"닷새……."

천중산의 깃발을 얻는데 닷새가 걸렸다.

도착하자마자 깃발을 얻어냈으니 평정산보다 먼저 얻어내는데 성공했다.

무연은 비영단이 천중산을 에워싸기 시작했다는 것을 알아챘다.

그 수는 초기에 열다섯명에서 늘어난 스무명으로, 무연과 한소진을 포위하고 있었다.

"아래에서 천중산을 포위하기 시작했다. 아무래도 우리가 깃발을 가지고 천중산을 못 나가게 함이겠지."

"뚫긴 어렵겠지?"

한소진의 물음에 무연이 고개를 끄덕였다.

"최대한 움직임을 막으려 할거야. 정면충돌은 피한 채. 어쨌든 그들의 목표는 최대한 시간을 끄는 것이니까."

말을 마친 무연이 모포를 꺼내 바닥에 깔고는 자리에 앉았다.

갑자기 자리에 앉는 무연의 모습에 한소진의 의아하게 바라보았다.

무연이 그녀를 보며 말했다.

"앉아서 좀 쉬어. 체력을 비축해두고 내일 저 포위망을 뚫어야 하니까."

한소진의 무연의 옆에 모포를 깔고 앉았다.

조용히 자리에 앉은 한소진이 깃발의 대를 부러뜨리고 깃만 품속에 품었다.

누가 깃을 가졌는지 보이지 않게 하기 위함이었다.

품에 깃을 갈무리한 한소진이 고개를 들었다.

어느새 해가 기울어 달이 차오르고 있었다.

주변은 어둠으로 가득했다.

산새들의 지저귐이 가득 울렸다.

깃발을 얻은 이후로 비영단이 무연과 한소진에게 덤벼드는 일은 없었다.

차오른 달을 바라보던 한소진이 고개를 돌려 옆에 앉은 무연을 바라봤다.

조용히 정면을 본 채 앉아 있는 무연의 얼굴에 한소진이 왼손을 뻗었다.

누군가 제 얼굴에 손을 가져다대면 흠칫할 만도 했지만, 무연은 아무 내색하지 않았다.

한소진의 가느다란 손가락이 무연의 앞머리를 조심히 쓸

어올렸다.

　얼굴의 반을 덮었던 앞머리가 한소진의 손에 의해 들려지자 무연의 얼굴이 드러났다.

　무연이 고개를 돌렸다. 무연의 얼굴을 마주한 한소진의 두눈이 빛을 냈다.

　길게 기른 앞머리에 의해 가려져 있던 무연의 두눈은 짙은 눈썹과 강직한 눈매, 깊고 끝을 알 수 없는 눈동자를 지니고 있었다.

　자신을 보는 무연의 깊으면서도 조용한 두눈을 마주하던 한소진이 입을 열었다.

　"왜 앞머리로 얼굴을 가리고 있는 거지?"

　"별다른 이유는 없다."

　"이유가 없다고?"

　"그래."

　한소진은 더는 묻지 않았다.

　드러난 무연의 얼굴을 지그시 보다가 손을 내려 앞머리를 제 위치에 두었다.

　한소진에게 말한 대로 무연이 앞머리를 내린 것에는 별다른 이유가 없었다.

　정돈하기 귀찮아 그냥 두고 있던 것이다.

　"저놈들… 뭐하는 거냐?"

　묵용이 인상을 썼다.

그 옆에 서 있던 비영단원이 조심스럽게 입을 열었다.

"잘 어울리네요."

"뭐?"

"아, 아닙니다."

날카로운 눈빛에 비영단원이 묵용을 외면하며 그에게서 멀어졌다.

단원을 째려보던 묵용은 다시 무연과 한소진을 바라봤다.

달빛 아래 말없이 서로의 옆에 앉은 모습은 묵용이 보아도 잘 어울리는 한쌍이었다.

"쳇! 누구는 이렇게 고생하는데, 아주 팔자 좋구만."

분노한 묵용은 주먹을 불끈 쥐었다.

"절대 몸 성히 나갈 생각은 마라⋯⋯!"

* * *

'보이지 않는다. 다른 경로를 찾은 걸까?'

몸에 붙는 흑색 무복을 입은 무인이 주변을 조심히 둘러보았다.

늦은 밤이라 사방이 어둠으로 가득했지만, 이미 길들여진 눈.

그에게 어둠은 그렇게 큰 방해가 되지 않았다.

그러나 지금 그는 엄청난 곤경에 빠져 있었다.

'내가 놓치다니, 실수다… 빨리 찾아야 해.'

그는 암영단의 단원이었다.

암영단은 평정산과 대별산을 맡기로 하였다.

수가 적은 비영단이 천중산을 맡게 되었다.

암영단이 맡은 평정산이 천중산보다 먼저 뚫리면 그것은 모두 자신의 책임이 될 터였다.

'빨리빨리… 어디 갔니…….'

암영단원의 눈이 바삐 움직였다.

그때, 암영단원의 눈에 띈 자가 있었다.

'찾았다!'

그를 발견한 암영단원이 은밀하게 다가가 얼굴을 봤다.

'백건이군… 그럼 이범은 어디로 간 것…….'

백건을 발견한 암영단원이 작게 안도의 숨을 내쉬며 나머지 이범을 찾아 고개를 돌렸다.

분명 이곳에 왔을 때만 해도 항상 붙어 있던 백건과 이범이다.

이범이 어디로 갔는지 백건 홀로 있었다.

백건은 잠시 서 있다가, 어디론가 걷기도 하고, 빠르게 달리기도 했다.

때문에 암영단원이 재빨리 백건을 쫓기 위해 몸을 움직였다.

한식경 정도 움직였을까.

백건이 자리에 우뚝 멈추어 섰다.

그를 쫓던 암영단원이 급히 자리에 멈추었다.

순간 난데없이 수풀에서 한 인형이 튀어나왔다.

"이쪽!"

도를 뽑아들며 나타난 이는 이범이었다.

반원을 그리며 나뭇가지를 베었다.

굵은 가지 위에 서 있던 암영단원이 급히 몸을 날렸다.

이 틈을 백건이 놓칠 리가 없었다.

검을 뽑아든 백건이 몸을 날려 암영단원에게 달려들었다.

"윽!"

목젖 바로 앞에 멈추어진 검을 보며 암영단원이 인상을 찌푸렸다.

'아, 그래서… 그랬던 거군.'

암영단원이 눈을 질끈 감았다.

이범의 실종과 백건의 의미를 알 수 없는 행동을 너무 늦게 깨달아버린 것이다.

이범은 수풀에 숨어 조용히 청각과 안력에 내력을 집중시켜 암영단원을 기다린 것이다.

잠입술과 은신술이 뛰어난 암영단원을 찾기 위해 백건이 몸을 움직였다.

가만히 기다리던 이범이 백건을 따라 움직이는 암영단원을 찾아낸 것이다.

암영단원의 은신이 뛰어나다 하더라도 급격한 변화를 보

이며 움직이는 백건을 쫓기 위해선 어쩔 수 없이 틈을 보일 수밖에 없었다.

백건의 소리와 움직임을 주시하던 이범은 그 속에서 느껴지는 이질감을 찾아내는데 성공했다.

망설임 없이 달려든 이범은 이질감 속에 숨은 암영단원을 찾아냈다.

백건이 이를 제압했다.

"휴, 어찌어찌 성공했군."

혼절한 암영단원을 조심히 내려놓은 백건은 주변을 조용히 둘러보았다.

"암영단원은 홀로 움직이지 않는다. 이자를 보조할 인원이 분명 어딘가에 있을 거야."

그에 이범이 백건을 바라보며 말했다.

"그럼 이자를 잡은 의미가 없잖아."

"아니. 아마 암영단원이 우리에게 잡힌 순간, 그는 본 단에 합류하여 이 사실을 알릴 거야."

"그 틈을 노리자?"

"그래."

도를 집어넣은 이범이 자리에 일어서며 말했다.

"그럼… 지금 시작해야겠군?"

"그…래."

떨떠름하게 말을 마친 백건이 못마땅한 표정으로 이범을 바라봤다.

이범은 내색하지 않았지만, 흐뭇한 표정으로 백건을 바라보며 말했다.

"그럼 잘 부탁해. 미끼."

백건의 표정이 굳어졌다.

전날 백건과 이범은 미끼가 될 자를 정하기 위해 손가락 싸움을 벌였다.

승자가 된 것은 이범이었다.

졸지에 자신의 계획에서 스스로 미끼가 된 백건이 검을 허리 높이로 들어올리며 말했다.

"그럼 시작할 테니 갔다 와라."

"그래."

"그리고."

우회하기 위해 돌아가던 이범이 백건의 말에 뒤를 보았다.

이범을 본 백건이 그를 향해 단호하게 말했다.

"무조건 깃발을 가지고 와라."

"물론."

이범이 빠르게 어둠 속으로 사라지자 백건이 검을 들어올렸다.

내력이 주입된 백건의 검이 밝은 은색으로 빛을 냈다.

"후우. 젠장."

인상을 찌푸린 백건이 평정산의 중턱, 그 경계선을 향해 몸을 날렸다.

쿠웅!!

거대한 폭음에 열다섯명의 암영단원이 몸을 날렸다.

그들을 감시하던 감시조 중 한명이 찾아와 벌어졌던 상황에 대해 보고했다.

그 덕에 감시조가 당한 사실을 알고 있었다.

그런데 몰래 우회할 줄 알았던 이들이 거대한 존재감과 함께 나타난 것이다.

폭음을 내며 모래 먼지가 강하게 피어올랐다.

이를 보던 암영단원이 목비도를 거세게 날렸다.

모래먼지가 둥글게 퍼져나가며 여러개의 목비도가 허공을 갈랐다.

그러나 그곳에 이미 백건은 없었다.

저 멀리 들려오는 폭음소리에 이범이 급히 평정산의 중턱을 넘어 오르기 시작했다. 그의 목적은 어디까지나 깃발이었다.

* * *

대별산, 그 산의 크기는 거대했다.

어째서 눈에 보임에도 가까워지지 않는지를 온몸으로 알게 된 장현이 입을 크게 벌린 채 대별산을 올려다보았다.

"크, 크네요?"

"그, 그러게?"

백하언 역시 대별산을 보며 입술을 깨물었다.

한참을 달려 힘겹게 도착했건만, 그 크기가 너무도 컸다.

"일단 눈 좀 붙이고 아침에 올라가자."

백하언의 의견에 장현이 고개를 끄덕였다.

만약 저곳에 방해꾼이 있다면, 필시 백하언과 장현이 오기를 기다리고 있을 것이다.

밤에 저곳에 오른다면 기다리는 이들에겐 좋은 먹잇감이 될 터였다.

모포를 깔고 자리에 앉은 백하언이 나무에 몸을 기대었다.

불을 피운 장현이 백하언과 약간 떨어진 곳에 모포를 깔았다.

팔짱을 낀 채 눈을 감은 장현.

옆에 앉은 백하언이 조용히 그를 바라봤다.

그가 했던 말이 아직 그녀의 뇌리를 떠나지 않고 있었다.

하늘로 고개를 돌린 그녀가 눈을 감았다.

'그러게. 언제부터… 그렇게 됐을까.'

분명 백아연과 친하게 지내던 시절이 있었다.

그런데 언제부터 백아연과 사이가 멀어졌는지, 기억이 나지 않았다.

백하언이 피식— 웃었다.

그러고 보니 잊고 있었던게 있었다.

'우리 사이가 멀어진게 아니라 내가 널 피한 거였지.'

백아연은 항상 먼저 웃으며 말을 걸어왔다.

그런 백아연을 피한 것이 백하언 자신이었다.

"광산조는 잘 가고 있을까요? 제일 먼 곳인데……."

장현이 눈을 감은 채 말했다.

그의 말을 들은 백하언이 작게 고개를 끄덕였다.

"잘 가고 있을 거야."

인정하고 싶진 않지만 인정할 수밖에 없었다.

잘 가고 있을 거라 대답할 수 있었다.

광산조. 그들이 속한 곳에는.

'백아연이 있으니까.'

* * *

스응—! 스윽!

검이 화려하게 춤을 추듯 허공을 수놓았다.

푸른색의 검기가 하늘을 유린하듯 춤을 추다, 이내 빠른 속도로 바닥에 내리쳐졌다.

검에서 뿜어 나온 검기는 연무장의 바닥을 가르며 사라져갔다.

"후우!"

초식을 마친 운현이 길게 숨을 내쉬었다.

"흐읍!"

붉은 매화가 허공에 떠올랐다 사라졌다.

홍색의 검기가 바닥을 쓸고 허공에 수많은 변초를 만들어내며 잔상을 남겼다.

허공엔 붉은 검기의 잔상으로 인한 화려한 매화가 피어 있었다.

그때, 홍색의 검기를 지닌 검이 수평선을 그리며 큰 원을 그려냈다.

이어 홍색의 검기가 불타듯 점점 더 강하게 몸집을 키우기 시작했다.

"윽!"

"괜찮아?"

운현의 물음에 홍색 검기의 주인, 화설중이 급히 검을 땅에 박아넣으며 몸을 지탱했다.

"하하…! 아직, 매난열화검(梅亂劣火劍)을 능숙하게 쓰려면 멀었나봐. 하!"

"매난열화검이라면… 장사혁님이 만드신?"

"응. 도저히 쉽게 풀리지 않네……."

"하하. 화산제일검이 만든 검법이 쉽게 풀릴 리가 없지."

"그러게. 하하."

검을 검집에 넣은 화설중이 운현을 보며 물었다.

"그런데 왜 이 시간에 무공수련을 한 거야?"

화설중이 이 늦은 밤 매난열화검을 수련하게 된 경위는 이랬다.

홀로 연무장에서 검법을 수련하는 운현을 발견하고 얼떨

결에 그와 함께 수련하게 된 것이다.

"마음이 심란해서 나와본 거야."

"심란하다니. 무슨 일 있는 거야?"

운현이 고개를 저었다.

"아무것도 아니야."

웃으며 말하는 운현을 보며 화설중이 픽— 웃었다.

"싱겁기는. 어서 들어가세. 내일은 먼 길을 가야 하니."

"그래."

화설중과 함께 걸어가던 운현이 그의 뒷모습을 바라봤다.

쓸쓸한 표정으로 보던 운현이 고개를 숙였다.

화설중 그리고 남궁청, 화설, 모용현.

그들은 모두 운현에게 소중한 사람들이었다.

청성파에서 나와 강호에서 만난 인연들…….

운현에겐 그 누구보다 각별했다.

그렇기에 아직은 아무것도 말해줄 수가 없었다.

사혈문, 혈교, 무연, 현 무림맹의 상황 등 운현이 알고 있는 것을 알게 된다면 그들 역시 가만히 있지 않을 것이다.

어떠한 식으로든 운현을 도우려 할 것이다.

그렇게 되면 어쩔 수 없이 그들도 혈교와의 싸움에 엮일 것이다.

운현은 그것이 두려워 아무것도 말해주지 않았다.

숙소로 돌아온 운현이 몸을 씻고 드러누워 눈을 감았다.

내일 출발할 하북팽가에 대한 생각으로 머릿속이 가득 찼다.

상념이 가득하니 잠이 오지 않았다.

"무연……."

*　*　*

맹에서 떠나 산악행군을 시작한지 엿새째가 되었을 때.

광산조의 인원이 광산에 도착했다.

그들은 마주한 광산을 보며 길게 숨을 내쉬었다.

"하아… 드디어……."

광산에 도착했지만, 백아연은 도저히 오를 엄두가 나지 않았다.

마치 반으로 뚝 깎아놓은 듯 광산의 경사가 너무도 높았다.

도저히 사람이 오를 만한 높이와 경사가 아님을 느낀 장혁이 자리에 주저앉았다.

두다리는 엄청난 무게의 추라도 달아놓은 듯 무거워 움직일 수가 없었다.

"이걸, 어떻게 2주 안에 갔다 오라는 거야……."

장혁이 울상 지으며 말했다.

도저히 인간이 할 수 있는 짓이 아니었다.

거리도 거리였지만, 내공의 소모가 너무 심했다.

엿새동안 제대로 잠도 자지 못했다.

쓰러진 장혁의 옆으로 백아연이 힘겹게 지나갔다.

"백 소저. 오를 생각이십니까?"

"네. 올라야죠. 어쨌든… 깃은 가져와야 하니까요."

장혁의 물음에 백아연이 담담히 말했다.

하지만 그녀 역시 거친 숨을 내쉬고 있었다.

눈 아래는 검게 물들어 백옥 같던 그녀의 피부를 탁하게 만들었다.

"내가 가겠소."

백아연의 앞으로 우윤섭이 나섰다.

우윤섭이 힘겹게 허리를 꼿꼿이 세우며 말했다.

"내가 올라가 깃발을 가져오겠소. 장혁은 산의 중턱에서 나를 기다리고, 그동안 백 소저는 체력을 비축해두시오."

우윤섭의 말에 백아연이 고개를 끄덕였다.

이제부턴 역할을 나눠야 할 때였다.

모두가 산에 올라 체력을 낭비해서는 안 됐다.

우윤섭이 먼저 산에 올라가 깃발을 가지고 내려오면 중턱에서 기다리던 장혁이 이를 받아 백아연에게 넘길 것이다.

체력을 비축한 백아연이 이를 가지고 맹으로 향하기로 한 것이다.

"내 생각이지만, 광산에는 방해꾼이 없는 것 같소. 그리고 솔직히 말하면 난 이제 한계요."

우윤섭의 고백에 장혁이 놀라 그를 바라봤다.

그동안 힘든 내색을 전혀 하지 않았던 우윤섭이 자신에게 한계가 왔음을 고백한 것이다.

"그래서 내 남은 체력과 내력을 광산에 오르는데 사용할 생각이오."

말을 마친 우윤섭이 백아연을 바라봤다.

"미안하오."

우윤섭의 말에 백아연이 고개를 저었다.

"아니에요."

우윤섭이 미안한 눈으로 백아연을 바라봤다.

이 중에 안 힘든 이가 있을리 없었다.

모두 힘든 상황에서 다시 맹으로 돌아가는 가장 어려운 임무를 백아연이 맡게 된 것이다.

그도 그럴 것이 이중에 그나마 버티고 있는 것이 백아연이었다.

그들이 가진 최선의 수였다.

"그럼, 최대한 빨리 다녀오겠소."

우윤섭이 급히 광산을 향해 달리기 시작했다.

비틀거리기도 하고, 체력과 내력의 부족으로 허덕이기도 했지만 그는 멈추지 않았다.

광산에 도착한 우윤섭이 인상을 찌푸렸다.

멀리서 봤을 때보다 훨씬 가파른 경사에 검을 뽑아든 우윤섭.

검을 땅에 박아넣으며 힘겹게 오르기 시작했다.

그리고 그 뒤를 장혁이 따랐다.

"윽!"

우윤섭이 박아넣은 검의 지반이 약한 탓일까.

지반이 무너지며 우윤섭의 신형이 뒤로 쏠렸다.

우윤섭이 급히 균형을 맞추려 했지만, 풀려버린 다리 탓에 무너지고 말았다.

그때, 우윤섭의 등 뒤로 장혁의 손이 닿았다.

"내가 지탱할게요."

"장혁?"

"나는 어차피 중턱까지만 오르면 되니 내게 기대세요."

"미안하네."

우윤섭을 지탱한 장혁이 힘겹게 그를 밀어 올리며 산을 올랐다.

산 중턱에 다다르자 장혁의 신형이 앞으로 고꾸라졌다.

"하악! 하악!"

자신의 무게와 우윤섭의 무게를 동시에 지탱한 만큼 내력의 소모도, 체력의 소모도 심했다.

"갔다 오겠네."

"하하… 다녀오세요."

장혁이 바닥에 얼굴을 처박고 고꾸라졌다.

우윤섭이 급히 산을 오르기 시작했다.

오는 데만 엿새나 걸렸으니, 훈련이자 시험인 산악 행군을 성공하려면 8일 안에 다시 돌아가야 했다.

하지만 이미 모든 체력과 내력을 소진한 그들이 8일 안에 돌아갈 수 있을 거란 생각이 들지 않았다.

머릿속에서 절망감을 지운 우윤섭이 입술을 꽉 깨물며 산을 올랐다.

한편, 아래에서 체력을 비축하기 위해 기다리던 백아연.

자리에 앉아 운기조식을 시작했다.

보통은 운기조식하는 동안 호법이 자리를 지켜야 했지만, 상황이 상황인지라 아무도 없는 곳을 찾아서 해야 했다.

얼마나 시간이 지났을까.

기다리던 장혁이 들려오는 인기척에 고개를 들었다.

장혁은 어느새 어두워진 주변을 둘러보다 고개를 들어올렸다.

그의 앞에 한 남자가 서 있었다.

그는 장혁의 앞에 주저앉으며 말했다.

"여기… 있네."

"우형……?"

만신창이가 된 우윤섭이 깃발을 건넸다.

일어선 장현이 깃발을 받아들자 우윤섭의 고개가 떨구어졌다.

급히 우윤섭의 상태를 살피려 장혁이 다가가자 그가 말했다.

"어서, 가게… 시간이 없어."

"금방 돌아올게요."

장혁이 급히 아래로 내려갔다.

경사가 가파른 광산을 바라보다 이를 악물었다.

"뭐… 죽진 않겠지."

장혁이 몸을 날렸다.

"흐읍!"

운기조식을 끝낸 백아연이 눈을 떴다.

카카카가광!

뭔가가 쓸려오는 소리와 함께 누군가의 비명이 들려왔다.

"으악! 백 소저! 피해요!"

귀에 익은 목소리에 백아연이 고개를 돌리자, 그곳에는 장혁이 거대한 흙무더기와 함께 쓸려내려오고 있었다.

"장혁?!"

놀란 백아연이 그에게 달려가려 했다.

곧 장혁이 흙무더기에서 몸을 일으켜 깃발을 던졌다.

빠르게 날아오는 깃발을 발견한 백아연이 몸을 날려 잡아채자 장혁이 말했다.

"가세요. 어서! 우형은 제가 챙기겠습니다."

장혁의 말에 백아연이 고개를 끄덕였다.

그녀의 신형이 퉁겨지듯 달려가기 시작했다.

실수

연무장에 속속 모이는 천소단원을 창문 너머로 바라보던 남궁세정.

찻잔을 들어올리며 가볍게 입을 적신 후 맞은편에 앉은 혜정을 바라보며 물었다.

"이번 무인수행의 장소를 하북팽가로 정하신 이유라도 있으신 겁니까?"

별 의미 없는 듯 가볍게 물어오는 남궁세정에 혜정이 작은 미소를 띠며 말했다.

"이유라… 군이 찾자면 그동안 하남을 중심으로 호북과 호남, 사천과 청해를 향했네. 마지막으로 무인수행이 행해진 곳이 섬서의 화산파였으니 이번엔 하북지역으로 보낸 것이오. 하북팽가는 오대세가 중 한곳을 차지하는데 어찌 그냥 지나친단 말이오?"

옅은 미소와 함께 조곤조곤 말하는 혜정.

남궁세정은 찻잔을 내려놓으며 고개를 천천히 끄덕였다.

"옳은 말씀입니다. 제가 생각이 짧았네요."

"아니오. 장로께서 요즘 생각이 많으실 텐데, 그럴 만도 하지."

온화하기 그지없는 혜정의 목소리.

누가 듣는다면 혜정이 남궁세정을 그만큼 아끼는 것이라 생각할 수도 있었다.

그러나 남궁세정은 혜정의 말에 어떠한 의미가 내포되어 있는지 알고 있었다.

남궁세정의 눈빛이 순간 날카롭게 빛났으나, 언제 그랬냐는 듯 부드럽게 바뀌어갔다.

"맹주님이 그 정도로 걱정해주신다니, 더욱 분발해야겠습니다. 하하."

웃는 남궁세정에 마주 미소를 보인 혜정이 창밖 넘어 도열한 천소단원을 바라봤다.

천소단원의 반도 채 안 되는 인원이 참여한 이번 무인수행은 여태 행했던 것 중 수가 가장 적었다.

그도 그럴 것이 용천단의 창단으로 인해 천소단원의 신

생단원 수가 작년에 비해 적었다.

어엿한 무림맹의 일원이 된 인원들이 적지 않았기 때문에 천소단원의 수가 작년에 비해 적어진 것이다.

그리고 의외로 많은 수의 천소단원이 이번 무인수행에 참여하지 않았다.

도열한 이들 중에는 운현이 속해 있었다.

운현은 자신과 함께 서 있는 화설중과 화설, 모용현과 남궁청을 복잡한 눈빛으로 보고 있었다.

"하북팽가라… 패도적인 무가(武家)로 유명한 만큼 좋은 경험이 되겠군."

남궁청은 이번 무인수행의 장소가 마음에 드는지 기대되는 표정으로 주변을 살펴보았다.

남궁세가의 패도적인 검법과 하북팽가의 패도적인 도법은 서로를 의식할 만큼 닮아 있었다.

때문에 많은 사람들은 패도 무공 중 남궁세가의 검법이 위인지, 하북팽가의 도법이 위인지를 두고 설전을 벌이기도 했다.

"이번 무인수행에 참여하는 천소단원의 수가 작년에 비해 상당히 줄었다고 하네요."

모용청의 말에 운현이 고개를 끄덕였다.

차라리 잘되었다 싶었다.

오히려 적어진 천소단원의 수에 마음이 편했다.

하북팽가로 떠나기 전 일주일동안 심란한 마음으로 하루

하루를 보냈다.

이상하리만큼 불안했다.

원래 이렇게 불안에 떨고 두려움을 가지는 성격이 아닌 운현이다.

자신이 이렇게 불안함을 느끼는 원인을 찾지 못했다.

그때 불쑥 화설이 고개를 내밀어 운현을 바라보았다.

깜짝 놀란 운현이 눈을 동그랗게 뜨며 고개를 뒤로 젖혔다.

"운 공자님. 뭔가 걸리는게 있으신가요?"

눈매를 좁히며 물어오는 화설의 날카로운 질문에 운현이 어색하게 웃으며 고개를 저었다.

"아니, 없는데?"

눈에 띄게 당황하는 운현에 화설중마저 가담하여 그를 압박했다.

"어허, 이 친구. 우리에게 숨기는게 있는 모양이군?"

"……."

화설중이 짐짓 호통을 치는 척하며 물어왔다.

잠자코 있던 모용현과 남궁청도 상황이 궁금한 듯 운현 쪽으로 고개를 돌렸다.

점점 쏟아지는 관심과 질문에 운현은 눈을 이리저리 굴리며 말했다.

"아닐세. 난 단지 행군을 떠난 무연이 걱정되어서 그러네."

"무 공자를 걱정한다고요?"

그게 무슨 되도 않는 소리냐는 듯 화설이 눈살을 찌푸렸다.

그녀의 행동에 공감하는 듯 화설중마저 고개를 절레절레 흔들었다.

"아니, 세상에 걱정할 사람이 없어서 그 사람을 걱정한단 말인가?"

모용청과 남궁청이 고개를 끄덕였다.

무연.

사혈문주를 단신으로 죽이고 사혈문을 홀로 상대했던 자.

겨우 행군에 위험할게 무엇이 있단 말인가.

운현이 아차 싶은 듯 입술을 작게 깨물었다.

그들 역시 무연의 무위를 어느 정도 알고 있었다.

무연을 걱정하는게 얼마나 부질없는지를 아는 자들이었다.

자신의 상황을 어떻게 돌려 말해야 할까 걱정하던 운현은 구세주처럼 들려오는 목소리에 고개를 돌렸다.

"자, 모두 모였나?"

내력을 담아 연무장에 가득 울려퍼지는 목소리.

그에 연무장에 모인 천소단원들의 시선이 일제히 한곳으로 쏠렸다.

그곳에는 비단으로 짠 도포를 입은 남자가 서 있었다.

천소단의 단주, 철도경(鐵道經) 이겸(理兼)이었다.

"이번 무인수행의 장소는 모두들 알고 있겠지?"

"예!"

이백오십여명 천소단원들의 목소리가 우렁차게 울려퍼졌다.

"이번 무인수행에 참가하는 천소단원의 수가 적은 만큼, 2조로 나누어 출발하기로 하였다. 공지를 미리 한 만큼 자신들이 일조(一組)인지 이조(二組)인지는 알고 있을 게다. 일조가 먼저 출발하고, 이조는 일다경 후에 출발하도록 한다."

"예!"

"그럼. 출발하도록 하지."

하북팽가의 위치는 하북의 북경.

무림맹은 하남의 신정에 위치해 있었으니 무인들의 빠른 걸음이라도 일주일이 걸리는 일정이었다.

운현과 그의 일행은 이조였기 때문에 이겸을 선두로 한 일조가 먼저 맹을 나섰다.

다음 출발을 기다리던 운현은 멀리서 자신을 향해 다가오는 이를 발견했다.

"양형?"

양소걸이 빠른 걸음으로 다가와 운현을 불렀다.

운현은 양소걸에게 급히 다가갔다.

"알려줄 게 있네."

"혹시……."

"그래. 하북팽가의 정보야."

조심스럽게 말하는 양소걸의 말에 운현이 고개를 끄덕이며 그의 입에 귀를 가까이 댔다.

"행상 마차들과 거대한 천에 싸인 물건들을 실은 수레들이 대거 하북팽가로 향했네. 그 시기는 사혈문이 세를 불리고 있을 때였네. 사혈문주가 죽고, 사혈문이 흔들리고 있을 때 잠시 마차와 수레 행렬이 멈추었다가, 다시 시작되었어. 그러다가 무림맹에서 무인수행의 장소를 하북팽가로 정하자 마차와 수레 행렬이 멈추었네."

"그 안에 담긴 것이 무엇인지는… 모르겠죠?"

"알 수 없어. 워낙 꼼꼼하게 봉해놓은 데다가, 이를 후송하는 이들도 하북팽가의 장로가 이를 직접 맡는다고 말하더군."

"그 외에는 없습니까?"

양소걸이 아쉬운 표정으로 고개를 저었다.

"아쉽게도 더 이상의 정보가 없네. 하북팽가가 워낙 문고리를 굳게 닫고 있어. 정보가 새어 나올 틈도 없을뿐더러, 애초에 중원에 대한 활동을 거의 하지 않았어. 걸쇠를 달아놓은 상자 안에 뭐가 있는지는 상자의 주인만 알 뿐이지."

말을 마친 양소걸이 꺼림칙한 표정으로 운현을 향해 물었다.

"운현. 이 사실들을 맹에 알릴 생각은 없나?"

양소걸의 말에 운현이 고개를 저었다.

"아쉽게도 그럴 순 없습니다. 아직 맹에서 누굴 믿어야 할지 모릅니다. 게다가 그 행상 마차와 수레에 담긴 것이 무엇인지도 모르니, 함부로 알릴 수도 없습니다."

하북팽가는 무림에서도 알아주는 명문가였다.

그런 곳을 함부로 건드릴 수도 없었다.

게다가 운현은 아직 맹에서 누구를 믿어야 할지 감이 잡히지 않았다.

양소걸의 말이 사실이라면 쉽사리 맹에 이 사실을 알릴 수도 없었다.

애써 웃는 운현에게 양소걸이 뭔가를 내밀었다.

"이게 뭡니까?"

양소걸에게 받은 묵직한 검은색의 원통을 바라보며 물었다.

양소걸은 이를 보며 말했다.

"신호탄이네. 개방에서 빠르게 소식을 전하기 위해 맹의 허가를 받고 만든 물건이야. 유사시에 사용하게."

"하지만 이렇게 귀한걸… 상황이 어찌될지 모릅니다."

"그러니 주는 걸세. 상황이 어떻게 돌아갈지 알면, 이리하지도 않겠지. 만약 이 신호탄을 쏘아올리면 팽가의 근처에 주둔하던 개방도들이 하남으로 신호탄 소식을 재빨리 알려올 걸세."

신호탄의 가치와 자신을 위하는 양소걸의 마음이 결코 가볍지 않음을 잘 아는 운현이 고개를 숙이며 감사를 표했다.

양소걸은 괜찮다는 듯 어깨를 토닥이며 호탕하게 웃었다.

"괜찮네. 하하! 자네의 걱정대로 무슨 일이야 생기겠는가. 감히 무림맹의 천소단원들을 상대로?"

"호의에 감사합니다."

"알았으니 이만 가보게. 자네 친구들이 목놓아 기다리는군. 저러다 자라가 되는게 아닌가 싶을 정도야."

양소걸의 말대로 화설중, 화설, 모용현, 남궁청이 목을 내놓은 채 가까이 오지는 못하고 멀찍이서 둘을 바라보고 있었다.

그 모습에 운현이 고개를 숙이며 다시 감사를 표했다.

"제가 하북팽가에 도착할 때쯤이면 무연이 돌아올 겁니다. 만약 제가 이 신호탄을 사용하는 날이 온다면… 꼭 무연을 찾아주십시오."

"다른 사람도 아닌… 무연을 말인가?"

"네. 꼭 그여야만 합니다."

"알겠네."

운현의 속뜻을 알 리 없는 양소걸이었지만 일단 부탁이니 고개를 끄덕였다.

양소걸과 운현의 대화가 끝나기 무섭게 멀리서 화설중의

목소리가 들려왔다.

"운현. 이조가 출발할 차례야."

"알겠네."

운현은 재빨리 화설중 일행에 합류했다.

곧 이조가 일조가 지나간 길을 따라 하북으로 향했다.

양소걸이 불안한 눈빛으로 떠나가는 그들의 뒷모습을 바라봤다.

"부디 아무 일 없어야 할 텐데……."

하북팽가와 사혈문. 그리고 무림맹.

무연과 운현에게 직접 들은 바가 없어 정확한 내막을 알지 못했다.

그러나 양소걸 역시 개방의 부분타주에 몸을 담았던 사람이니만큼 돌아가는 모양새를 얼추 짐작하고 있었다.

운현과 무연에게는 숨겨진 사정이 있었다.

아마 이 사정에는 무림맹과 알 수 없는 단체가 깊숙이 관여해 있었다.

게다가 어느 시점을 기준으로 하북팽가로 향하던 행상 마차와 수레들.

개방조차도 알아내지 못한 이것들의 존재는 양소걸을 더욱 불안하게 만들었다.

하지만 불안에 떨어봤자 바뀌는 것이 없다는 걸 잘 아는 양소걸은 급히 발걸음을 옮겼다.

만나야 할 사람이 있었기 때문이다.

　　　　　　*　*　*

　"호오."

　비영단의 소식을 받은 광암은 작게 고개를 끄덕이며 서신을 곱게 접었다.

　곧이어 평정산에 잠복해 있던 암영단에게서도 서신이 도착했다.

　서신을 들고 온 자는 도원이었다.

　그가 서신을 광암에게 건네며 말했다.

　"천중산에 이어 평정산의 깃발도 용천단원이 가져갔다고 합니다."

　도원의 입가에는 옅은 미소가 걸려 있었다.

　아무래도 용천단원의 활약이 뿌듯한 것 같았다.

　광암은 아무렇지 않은 듯 서신을 건네받으며 말했다.

　"일주일이 채 되지 않는 때에 깃발을 탈취당했군. 뭐, 예상했던 일 아닌가?"

　광암의 말에 도원 역시 마지못해 고개를 끄덕이며 말했다.

　"예. 그렇죠. 아무래도 가장 가까운 산이었으니 말입니다."

　"게다가 평정산에는 백건과 이범, 천중산에는 무연과 한소진이 왔다더군. 용천단원들 중에서도 가장 뛰어난 수준을 가진 이들이 가장 가까운 산으로 가다니. 천중산과 평정산에 방해꾼의 수를 많이 뒀다는 걸 간파한 거겠지."

"훌륭하군요. 헌데 그럼 상대적으로 그들에 비해 내공이 뒤떨어지는 이들이 대별산과 광산으로 향한 것 아닙니까?"

"그렇지. 아직 일주일이 남았으나 체력적으론 한계를 맞이했을 거야. 천중산과 평정산은 예상대로지만, 과연 대별산과 광산이 어찌될지 궁금하군."

말하면서도 광암은 재미있다는 듯 미소를 지어보였다.

광암의 미소에 도원은 더 이상 미소짓지 못하였다.

그의 말대로 이제 중요한 것은 대별산과 광산, 그 두곳이었다.

말이나 마차를 타고 가도 한참을 가야 하는 광산은, 도착하는 데만 거의 일주일이 걸렸다.

그러고도 다시 돌아와야 했다.

남은 기한 역시 일주일.

이미 내공이나 체력적으로 한계를 맞이한 그들이 과연 기한 내에 돌아올 수 있을지가 의문이었다.

도원이 쓰게 웃으며 하남 일대의 지도를 살펴보았다.

* * *

묵용은 자리에 앉아 멍해 있었다.

그에게 비영단원이 다가와 위로하였다.

"어쩔 수 없었지 않습니까?"

"그건, 그렇지만⋯⋯."

묵용은 무연과 한소진을 놓친 것에 대한 충격에서 쉽사리 헤어나오지 못하였다.

그들이 천중산을 빠져나간 방법은 감히 묵용이 상상도 하지 못할 방법이었다.

아침이 밝아오고, 무연과 한소진이 모포를 정리하며 일어섰다.

이를 발견한 비영단원이 보고하자 묵용이 목비도를 품에서 정리하며 자리에 일어섰다.

비영단원들은 일사불란하게 자리를 잡고 그들을 기다렸다.

비영단원의 포위진을 발견한 무연은 무덤덤하게 이를 보다 한소진에게 시선을 돌렸다.

"계획대로. 너는 신정으로 바로 향해."

"응."

한소진이 무연의 앞에 섰다.

둘의 모습을 보던 묵용이 목비도를 매만지며 말했다.

"어디, 한번 뚫어보시지."

그는 자신만만했다.

비록 정상을 뺏길 때는 무연과 한소진의 신출귀몰하고

예상치 못한 움직임에 당했다.

이번에는 거센 공세를 펼쳐 내려가지 못하게 막을 자신이 있었다.

게다가 무연과 한소진 중 깃을 가진 자만 막아도 되었으니 온 병력을 집중할 수 있었다.

사람을 막고 포위하고 잡는 일은 비영단 본연의 임무였다.

"자… 와라!"

묵용이 기합성을 넣으며 무연과 한소진을 바라봤다.

이를 알아차린 것인지 무연과 한소진이 움직이기 시작했다.

빠르게 내려오는 무연과 한소진.

비영단이 이를 포위했다.

그때, 한소진이 품에 돌돌 말려 있는 깃을 꺼내 무연에게 넘겼다.

당연히 무연에게 있을 줄 알았던 깃이 한소진에게 있어 놀라긴 했다.

다시 무연에게 넘겨지자 묵용은 '그럼 그렇지'라고 중얼거리며 달려오는 두 신형을 바라봤다.

하지만 곧 이어지는 믿기지 않는 상황에 묵용의 두눈이 더 커질 수 없을 만큼 커졌다.

빠르게 내려오던 무연은 점점 좁혀오는 포위망을 보다 한소진을 향해 시선을 돌렸다.

이를 느꼈는지 한소진이 돌연 제자리에서 껑충 뛰어올랐다.

순식간에 무연의 머리 위로 뛰어오른 한소진.

이를 보던 무연이 허리를 돌리며 내려오는 한소진의 두 발을 오른손으로 받쳐 들었다.

여성이라 해도 성인인 한소진을 가볍게 한손으로 받쳐 든 무연이 곧 허리를 돌리며 오른손을 뻗었다.

한소진은 이와 동시에 두발을 뻗었다.

"이, 이런 미친!"

설마하니 사람을 날려버릴 줄이야.

가히 대단한 힘과 내공이 아닐 수 없었다.

순식간에 인간 화살이 되어버린 듯 한소진의 몸이 일직선으로 천중산의 아래로 쏘아져 내려갔다.

거리를 두고 지그재그로 무연과 한소진을 중심으로 짠 포위망이 그 돌발행동에 무용지물이 되었다.

하늘을 날아가는 이들에게 땅에서의 포위가 무슨 소용이란 말인가.

하늘을 날아오른 한소진은 곧게 뻗은 나뭇가지를 사뿐사뿐 밟으며 포위망을 뚫고 나갔다.

비영단원이 급히 한소진을 쫓으려 했지만, 이를 묵용이 막아섰다.

"한소진을 쫓지마! 중요한 건 깃이야! 깃을 든 무연을 막아!"

급하게 외치며 흩어지는 포위망을 재정비한 묵용이 무연을 바라봤다.

기상천외한 방법으로 한소진을 날려 보냈으니, 무연도 어떠한 비상한 방법으로 이를 뚫고 갈지 의문이었다.

한소진을 날려보낸 무연은 포위망을 유심히 지켜보다 가볍게 뛰었다.

묵용을 중심으로 짜인 포위망은 무연이 향하는 곳을 미리 점하여 촘촘히 막아섰다.

무연은 틈을 보이지 않는 촘촘한 포위망에 쉽사리 빠져나가지 못했다.

그런 무연의 모습에 묵용이 안심하며 작은 안도의 한숨을 내쉬었다.

처음에 한소진을 너무 쉽사리 보내준 것이 마음에 걸렸는데, 깃을 가진 무연을 잡아둔 것이 마음의 위로가 되었다.

'너무 쉽게 깃을 내줬고, 너무 쉽게 길을 내주었다. 이젠 또 같은 실수를 반복할 순 없지.'

주먹을 말아쥔 묵용이 눈매를 가늘게 뜨며 무연의 움직임 하나하나를 유심히 지켜봤다.

또 무슨 수작을 부릴지 몰랐기 때문이다.

정작 무연은 이리저리 맴돌며 포위망을 살펴볼 뿐 여타 다른 움직임을 보이지 않았다.

시간제한이 있는 훈련과제를 하는게 아니라 비영단의 포

위망을 견식해 보려는 듯 가볍게 발을 튕기며 주변을 돌아보았다.

그 모습에 묵용은 돌연 불안감에 휩싸였다.

'이럴 거라면 한소진에게 깃을 내줬어야지…….'

묵용은 이해가 되지 않았다.

한소진을 날려보내 포위망을 뚫었으니 애초에 그녀에게 깃을 주었으면 빼돌리는 것이 쉬웠을 것이다.

애초에 비영단이 막아야 하는 일은 깃이 천중산을 벗어나 무림맹에 도달하는 것이다.

무연과 한소진이 천중산에 있고 없고는 중요하지 않았다.

그때, 묵용의 희미한 기억 속에 날아가는 한소진의 모습이 아른거렸다.

용천단 여무인의 무복은 남무인의 무복보다 상의가 좀 더 길었다.

한소진의 상의 무복은 일부분이 조금 잘려 있었다.

네모난 모양으로 잘려 있던 무복.

'천중산에 걸려 있던 깃의 색은 붉은색… 금실로 용의 무늬가 새겨져 있는…….'

불안감이 더욱 증폭되기 시작했다.

곧 묵용의 이마에서 식은땀이 송골송골 맺혔다.

눈앞에 보이는 여유로운 몸짓의 무연이 입고 있는 용천단의 무복.

붉은색과 금실이 동시에 조화를 이루고 있는 모양새였
다.

'아차!'

묵용의 고개가 엄청난 속도로 천중산의 아래를 향했다.

그러나 한소진의 신형은 이미 보이지 않을 만큼 멀어져
있었다.

어쩌면 곧 천중산을 빠져나갈 것이다.

묵용의 고개가 다시 무연에게로 향했다.

묵용의 행동을 지켜보던 무연이 그를 보며 미소를 지었
다.

"깃이… 한소진에게 있는 건가…….."

묵용의 혼잣말 같은 중얼거림에 무연이 고개를 작게 끄
덕였다.

혹시나 하는 우려가 현실로 일어나자 묵용이 눈을 질끈
감았다.

용천단.

신생 단체이자 이제야 무림맹에 발을 들여놓은 어린 무
인들이란 얘기에 솔직히 묵용은 그들을 얕보았다.

오히려 '자신들이 지키는 깃을 과연 그들이 손이라도 댈
수 있을까?' 아니면 '기간 내에 깃을 가지고 돌아갈 수는
있을까?'하고 의문을 품은게 사실이었다.

도저히 그들이 깃을 가져갈 수 없게 되면 기한을 하루나
이틀 정도 남기고 살며시 길을 터줄 생각도 있었다.

깃을 가져가게 해줘야겠다고 선심을 쓸 생각이었다.

헌데, 단 이틀만에 깃을 내주었다.

실질적으론 무연과 한소진이 천중산에 도착하자마자 깃을 내주었다고 해도 과언이 아니었다.

깃을 내준 다음 날.

깃을 가진 한소진을 놓쳤다.

아주 단순한 눈속임에.

"포위를 풀어라."

묵용의 말에 비영단이 그를 돌아보며 물었다.

"하지만."

"아니, 풀어라… 어차피 깃은 이미 빠져나갔다. 무연을 잡고 있어 봐야 의미가 없다. 저자가 지금껏 이곳에 있는 건 한소진을 못 쫓게 하려고 우리 시선을 잡아두었을 뿐이야."

냉정하게 상황을 파악한 말에 비영단이 포위망을 풀며 묵용을 중심으로 모여들었다.

포위망이 풀어지자 무연이 천천히 걸어 내려왔다.

여유로운 무연이 얄밉기도 하고 자신의 모자람에 화가 나기도 했다.

무연을 바라보는 묵용의 표정에 날이 서 있었다.

곧 묵용은 고개를 저으며 표정을 부드럽게 풀었다.

"축하하네. 이렇게 쉽게 깃을 가져갈 줄은 몰랐군. 자네들을 얕본 모양이야."

묵용이 내려오는 무연을 보며 말했다.

무연은 작게 고개를 끄덕이며 말했다.

"살수를 썼다면 이리 쉽게 깃을 가져가지 못했을 것이
오."

"우린 고지를 점령했고, 수도 자네들보다 훨씬 많았지.
목비도를 쓰고 살수를 쓰지 않았다는 건 변명이 되지 못
해……."

그렇게까지 말하니 무연도 더 할 말이 없어 옅게 미소를
지어 보이며 다가섰다.

묵용이 가까워져 오는 무연에게 길을 터주며 고개를 작
게 숙였다.

마주 고개를 숙인 무연이 묵용과 비영단을 가로질러 천
중산을 내려갔다.

*   *   *

대별산에 도착한 백하언은 매섭게 날아드는 목비도를 가
벼운 몸짓으로 피하며 물러섰다.

장현은 도를 휘두르며 목비도를 쳐냈다.

어디선가 숨어 틈을 노릴 방해꾼들을 찾으려는 듯 감각
을 집중했다.

"아무래도 맹의 암림(暗林) 조직 중 하나인 것 같은데,
은신술이나 비도술이 보통이 아니야."

백하언의 말에 장현이 고개를 끄덕이며 땅에 박힌 목비도를 바라봤다.

끝이 뭉툭한 목비도가 땅에 박힐 정도였으니 그 위력이 결코 적지 않음을 알 수 있었다.

도를 잡은 손아귀에 힘을 넣은 장현은 대별산의 아득한 정상을 바라봤다.

"방해꾼의 수가 많은 것 같지는 않아요. 많아야 다섯. 부단주님 말대로 대별산과 광산에는 방해꾼을 많이 두지 않은 것 같네요."

"하지만 어떻게 하면 정상으로 오르느냐인데."

그녀의 말대로 그들의 비도술은 수준급이다.

제아무리 나무를 깎아 만든 목비도라 해도 그냥 맞고 지나갈 수 있는 종류의 것이 아니었다.

오르려 할 때마다 매섭게 비도가 날아들었으니 아주 무시할 수도 없었다.

대별산을 바라보던 장현이 뭔가 결심한 듯 앞으로 나서며 말했다.

"제가 시선을 끌겠습니다. 백 소저는 최대한 빨리 대별산을 올라주세요."

"됐어. 할 거면 내가 시선을 끌겠어."

자신보다 어린 장현이 나서며 시선을 끌겠다고 나서니 백하언이 이를 저지하며 말했다.

그러나 장현이 손을 저으며 진지한 얼굴로 백하언을 보

며 말했다.

"아니."

고개를 저은 장현이 나지막이 말했다.

"제가 하겠습니다."

〈다음 권에 계속〉